MW00979026

Michèle Lesbre

La Petite Trotteuse

Gallimard

Michèle Lesbre vit à Paris. Elle a commencé voici une quinzaine d'années à écrire des livres qui hantent la mémoire, après avoir fait du théâtre dans des troupes régionales, et enseigné dans les écoles. Elle a publié *La Belle Inutile* (1991), *Un homme assis* (1993), *Une simple chute* (1997), *Que la nuit demeure* (1999), *Nina par hasard* et *Victor Dojlida, une vie dans l'ombre* (2001), *Boléro* (2003), *Un certain Felloni* (2004). *La Petite Trotteuse* est son neuvième roman.

Comme le monde peut devenir tranquille…
Et comme tant de choses peuvent aller et venir en silence.
Le souvenir par exemple…
Même le plus lointain.

ÖDÖN VON HORVÁTH,
Un fils de notre temps.

à Mariette

LA CHAMBRE

La gare était assoupie sous le soleil. J'étais seule à descendre du train, à traverser un hall silencieux et désert. Je pensais que si j'achetais la maison que je venais visiter, ce décor pourrait devenir familier. C'était une étrange idée, je ne l'achèterais pas plus que toutes les précédentes. Je me contentais d'explorer les lieux et de m'abandonner à quelques rêveries qui me rapprochaient peu à peu de ce que je cherchais et que j'étais incapable de formuler clairement. Je savais que cette maison était la dernière, et sans doute était-ce la raison pour laquelle j'éprouvais un peu d'anxiété, mais aussi une sorte de soulagement. Ce parcours épuisant touchait à sa fin. Du moins je l'espérais.

Je me souvenais des termes exacts de l'annonce et j'imaginais ce « havre de paix » avec la même émotion que s'il se fût agi de venir épouser l'homme de ma vie. Cela me fit sourire. J'avais déjà épousé un homme de ma vie, il y avait bien longtemps. C'était une autre histoire de laquelle d'ailleurs je m'étais échappée.

Je perdais mon regard derrière la vitre du train. Le paysage me ressemblait, une lassitude, une douceur aride, un désir inassouvi. La soif de tout montait de la terre comme d'un corps épuisé dont les cris inaudibles s'étranglaient dans la touffeur de l'été. Le ciel d'un bleu trop limpide écrasait la campagne que la moindre étincelle semblait pouvoir allumer et ravager en un instant. Je sentais au fond de moi ce danger, cette catastrophe possible. C'était sans doute ce qui me plaisait.

J'ai marché un moment dans des rues sages où divaguaient des chiens. Sur la place de l'église, les pigeons venaient se désaltérer à la fontaine dont le murmure résonnait dans la torpeur. Je percevais des bruits domestiques à travers les fenêtres ouvertes. Contrairement aux apparences, l'endroit était habité.

L'auberge somnolait derrière les persiennes tirées pour la protéger d'une chaleur inhabituelle. La porte était fermée. J'ai appuyé sur la sonnette selon les instructions qu'une main maladroite avait griffonnées en prenant soin d'oublier un *n* au mot sonnette, que l'on avait rajouté en suspens comme un chapeau ridicule. Une femme est apparue, suivie d'une jeune fille. Elles portaient toutes les deux une blouse aux manches retroussées et des espadrilles. J'ai évoqué mon appel téléphonique de la veille. En esquissant un vague salut la femme a décroché une des clés du tableau et, se tournant vers la jeune fille, lui a donné l'ordre de m'accompagner jusqu'à la chambre bleue.

Nous sommes montées à son rythme, lourd et lent. De temps à autre elle perdait l'une de ses espadrilles qu'elle renfilait d'un geste vif, en poussant un soupir. Son corps portait une fatigue insensée, un ennui accroché à la peau. Ses cheveux tenus par un foulard noué sur la nuque répandaient une odeur d'huile parfumée. Elle m'a entraînée au fond d'un couloir sombre, a ouvert une porte. La chambre était plongée dans une demi-obscurité, mais elle était rose, d'un rose délavé, les murs, la moquette, les rideaux. Elle est rose, ai-je dit pensant lui faire remarquer son erreur, mais elle m'a répondu, C'est comme ça pour tout, ici, c'est toujours autre chose, mais c'est pareil. Une fille si jeune pouvait-elle être à ce point résignée ? Je suis restée interloquée, elle m'a tourné le dos et n'a pu s'en apercevoir. Elle s'est avancée vers la fenêtre, a poussé les persiennes et a marmonné sans conviction, Voici, Madame.

Cela m'était complètement égal qu'elle fût bleue ou rose cette chambre, c'était sans importance. De toute évidence nous ne tomberions pas d'accord si je persistais à prétendre qu'elle était rose. Je l'ai remerciée. Elle a traîné les pieds jusqu'à la porte et a disparu dans le couloir. J'ai posé ma valise sur le lit avant d'aller m'asseoir sur le rebord de la fenêtre.

L'air chaud venait sur moi par vagues molles, une marée brûlante envahissait la chambre. La maison d'en face n'avait pas de fenêtres, elle tournait le dos, un dos voûté comme celui des vieillards. Une treille courait sur toute sa longueur. Tout à côté, des pots de géraniums surplombaient un jardin que je devinais être un somptueux fouillis.

Un homme à bicyclette s'est engagé dans la rue, suivi de son chien, langue pendante et souffle court. L'homme avait le visage en sueur et sa chemise humide se collait à son dos. Il pédalait avec lenteur et jetait de temps à autre un regard en arrière. Le chien s'est brusquement arrêté pour humer la trace encore luisante qui souillait le bas d'une porte. L'homme s'est retourné, a émis un grognement et l'animal a poursuivi sa route. Il était presque cinq heures, la chaleur ne faiblissait pas, la vie restait encore blottie au creux des maisons, dans l'ombre et le frais, en attendant.

J'ai ouvert ma valise et rangé mes affaires, relu l'annonce qui m'avait amenée jusque-là. Il y était mentionné que la maison confortable et coquette était à un prix très raisonnable (sans que ce dernier fût précisé pour autant) et qu'elle se situait dans un lieu-dit à six kilomètres du village. J'avais rendez-vous le lendemain en fin de matinée avec un des employés de l'agence qui se trouvait à Nantes. Il me fallait un chauffeur ou bien m'assurer qu'il y aurait un bus, je ne me voyais pas emprunter une bicyclette et me lancer dans cette aventure sous un soleil brusquement devenu fou. Je n'avais pas pensé à ce trajet avant mon départ. Je suis redescendue dans le hall, pour prendre les renseignements nécessaires.

Il n'y avait personne. Un chat orange dormait sur ce qui devait être un registre. L'horloge monumentale égrenait les minutes avec un bruit métallique et lancinant. J'ai tenté de réveiller quelqu'un en me raclant la gorge, puis en appelant. En vain. L'auberge avait été désertée à mon insu et peut-être l'homme et son chien étaient-ils les derniers fuyards dans un monde évanoui. Je suis remontée à l'étage.

La porte d'une chambre légèrement entrouverte laissait apparaître le lit défait et des vêtements jetés en pagaille sur une chaise. J'ai tenté de percevoir un quelconque indice d'une présence, mais il n'y avait que le silence et sa drôle de mélodie, cette musique intérieure qui me donne des frissons. J'ai poussé la porte et je n'ai rien vu d'autre que le lit en désordre et la chaise encombrée, dans leur immense solitude, malgré les livres qui se bousculaient sur la table de nuit et le léger tic-tac d'un réveille-matin.

J'ai regagné ma propre chambre. Le rose changeait me semblait-il avec la lumière, pour devenir de plus en plus terne, de moins en moins rose. Je n'ai pas fermé la porte afin d'entendre un éventuel frémissement au rez-de-chaussée.

J'ai pensé à la maison dont je ne pouvais m'empêcher d'inventer des images. Il en était ainsi chaque fois, depuis la première. Il fallait ensuite me confronter à la réalité. Cela se révélait souvent impossible. Je fixais le mur nu sur lequel je la projetais, et même j'entrevoyais la mer au loin, comme une ligne bleue qui devenait peu à peu mouvante et qui, lorsque la maison imaginaire s'estompait, continuait de retenir mon regard. La déchirure balafrait le mur laissant apparaître le papier antérieur, d'un bleu d'azur, celui qui avait donné son nom à la chambre.

Le chat orange est entré et a sauté sur le lit. Il a tourné un moment avant de se mettre en boule contre moi. Malgré la chaleur, je n'ai pas protesté, ce contact me plaisait. Son léger ronronnement mettait un peu de vie dans l'immobilité générale. Depuis plusieurs semaines, j'avais quitté mon appartement où un autre chat m'attendait et dont j'ai prononcé le nom à mi-voix comme pour l'assurer à distance de ma fidélité. Le chat orange a levé la tête et j'ai cru qu'il allait me dire, Vous aussi, vous le connaissez ? Alors nous nous sommes parlé un peu, car je sais le langage des chats qui n'est autre que le nôtre, pour peu qu'on y prête attention.

J'ai eu une pensée pour la période bleue de la chambre, une vingtaine d'années auparavant si j'en jugeais par l'état déjà très abîmé du papier rose et de la moquette. En ce temps-là, je tentais de m'arracher à l'étau conjugal. Je vidais des meubles, j'empilais des cartons, je soulevais des colonnes de livres en m'appuyant contre les murs déserts d'un nouvel appartement, je faisais des listes que je rayais d'un geste définitif.

Là où le mur blessé creusait dans sa mémoire, je voyais de nouveau la mer, et dans la mienne le souvenir du naufrage passé était encore vif. J'y puisais parfois des raisons de résister à la douce érosion des sentiments. Je me tenais à la crête des vagues et naviguais tant bien que mal, jour après jour.

Tout en continuant de deviner la mer sur la cicatrice du mur, je faisais part de mes impressions au chat orange dont les yeux cuivrés me fixaient avec une sorte d'ironie. Il en avait vu d'autres, à force de fréquenter une clientèle dont les bizarreries l'avaient peu à peu laissé indifférent. Les animaux ont cette sagesse qui nous sidère et nous rassure. Il pourrait dormir avec moi pendant la nuit s'il le désirait, mais je le soupçonnais d'aller de temps à autre dans la chambre entraperçue à l'autre bout du couloir, où l'on abandonnait les livres avec désinvolture.

Un bruit l'a fait sursauter. Il a jailli hors du lit et a disparu, sans un regard, sans un regret. La ligne bleue s'estompait, la lumière se décomposait, devenait mate et gommait les détails du papier. Des pas résonnaient dans la rue, et j'entendais la jeune fille, en bas, parler à voix basse. Je me suis levée, pour descendre l'interroger à propos du bus dont j'aurais besoin le lendemain.

La porte de la chambre était toujours ouverte et la silhouette sombre d'un homme se découpait dans une lumière voilée. Il était debout, tournait le dos et fixait le lit sur lequel plusieurs dossiers étaient éparpillés. Je me suis arrêtée pour l'observer, juste une seconde. Quelque chose d'à peine perceptible a parcouru son corps. Il ne s'est pas retourné et je me suis engagée dans l'escalier.

La jeune fille était pieds nus sur le carrelage. Le chat s'enroulait autour de ses chevilles. Il les frôlait avec un plaisir intense, qu'elle semblait partager. Tous deux m'ont lancé un regard hostile, comme si je les surprenais dans l'acte intime de l'amour.

J'ai demandé si un bus serait susceptible de m'amener jusqu'au lieu-dit La Pinède, le lendemain, en fin de matinée. Elle a ri. Il n'y avait qu'un bus très tôt le matin pour ceux qui travaillaient en ville, et un le soir pour le retour. De toute façon il n'y a rien à La Pinède, a-t-elle ajouté sur un ton péremptoire. J'en déduisis que pour elle l'océan et les pins n'étaient rien. Ils étaient là, c'était tout. Cette fille n'en finissait pas de m'étonner. Je lui ai rétorqué, non sans un certain agacement, qu'à La Pinède il y avait au moins une maison à vendre que je devais visiter, et qu'une maison dans les pins et en bord de mer, ce n'était pas rien. Ne le pensait-elle pas ? Elle a haussé les épaules, mais alors des pas se sont fait entendre dans l'escalier.

C'était lui. Il portait des dossiers sous le bras et une cigarette s'accrochait à ses lèvres. À peine cinquante ans, un visage paisible, un regard clair, un corps fluide. Il m'a regardée en souriant, Je vous emmènerai, a-t-il dit, à quelle heure voulez-vous ? J'avais rendez-vous à onze heures. J'ai vu la maison en question, a-t-il poursuivi. Je suis passé plusieurs fois dans les parages. J'aimerais la visiter moi aussi, mais je vous rassure tout de suite, je ne suis pas acheteur.

Je lui ai souri et proposé de la découvrir avec moi.

Il est sorti sans ajouter un mot à ce rapide entretien. La fille a pris le chat contre elle et a disparu dans les profondeurs du rez-de-chaussée.

J'ai regagné l'étage.

Il n'avait toujours pas fermé la porte de sa chambre. J'avais presque le même point de vue que la première fois mais je découvrais une table encombrée de papiers, de crayons, de fruits, d'un petit ordinateur et de paquets de cigarettes vides. Je me suis assise sur le lit dont les draps mal tirés ondulaient. Tout en jetant un regard circulaire je tendais l'oreille, ne désirant pas me faire surprendre sur un territoire que rien ne m'autorisait à explorer. Cependant je m'y sentais bien. J'avais déjà fait ce genre de constat, en d'autres occasions. Les endroits où je ne faisais que passer me procuraient une paix incomparable qu'aucun espace de mon propre univers ne m'avait jamais apportée. Le statut de nomade que j'étais en train d'acquérir depuis quelque temps devait s'expliquer ainsi. J'éprouvais à cet instant un sentiment de grande sérénité.

J'ai ouvert un des dossiers. Il contenait des plans annotés ressemblant à des plans de cadastre. J'ai feuilleté un des livres empilés sur la table de chevet, où plusieurs phrases étaient discrètement soulignées au crayon. L'une d'elles a retenu mon attention, *Le désespoir n'existe pas pour un homme qui marche*. Je partageais tout à fait ce point de vue.

Je suis allée jusqu'à la fenêtre. Il y avait une vue plongeante sur le jardin que je devinais seulement de la mienne, et qui était conforme à ce que j'avais imaginé : un écrin de verdure où les arbres entremêlaient leur feuillage, tissant ainsi un abri naturel. Une femme s'y était réfugiée, mollement alanguie sur un transat et offrant ses jambes blanches et nues au soleil. Près d'elle un chien dormait, et je reconnaissais celui qui suivait à grand-peine son maître à bicyclette.

J'ai pris un abricot sur la table, reposé le livre sur la pile en me demandant si là était bien sa place initiale et rejoint ma chambre.

Allongée sur le lit, je me suis répété la phrase à propos du marcheur que le désespoir ne saurait atteindre. J'avais des souvenirs pouvant le confirmer et peut-être avions-nous ce point en commun, l'homme de la chambre ouverte et moi, comme je me plaisais à penser que je partageais avec un célèbre et maladif vagabond du XIXe siècle une intime et douloureuse fraternité, celle de la dépression. Dans son cas, les médecins parlaient de « déterminisme ambulatoire ». Jean-Albert Dadas avait parcouru l'Europe à pied. J'étais plus modeste, je montais dans des trains et sillonnais les campagnes, à la recherche d'un endroit où je trouverais enfin ce que je cherchais et que je ne savais nommer.

La patronne de l'auberge, dont je pensais qu'elle était aussi la mère de la jeune désenchantée, est venue frapper à ma porte pour me présenter le menu du soir, soupe à l'oseille et tarte à la rhubarbe, dans la cour intérieure, avec l'autre résident du moment. J'avais remarqué un restaurant en venant de la gare, mais l'idée d'un face-à-face avec cet homme m'intriguait. J'ai accepté en lui faisant apparemment un réel plaisir. Elle m'a offert le sourire qu'elle m'avait refusé lors de mon arrivée.

J'ai eu envie d'aller me balader dans le village en attendant l'heure du dîner. J'ai erré dans les rues où la vie bougeait de nouveau, bu de l'eau fraîche à la fontaine, acheté une glace que j'ai dégustée assise sur l'un des bancs de la place où des hommes jouaient aux boules et chahutaient comme des gamins. Leurs enfants suivaient la partie et les facéties des adultes avec perplexité.

Je pensais sans cesse à cette maison que j'allais découvrir le lendemain. Ce serait la dernière. J'avais décidé de ne pas aller au-delà de trente, elle était la trentième. Moi non plus je n'étais pas acheteuse, je cherchais quelque chose que je ne trouvais pas.

Lorsque je suis passée devant un café d'où s'échappaient des bribes d'informations d'un journal télévisé, je l'ai vu s'avancer vers moi, avec ses dossiers sous le bras et son sourire. Je tombais bien, selon lui, il ne parvenait pas à joindre l'auberge par téléphone et n'avait pas le temps de passer pour prévenir qu'il ne dînerait pas. Une réunion imprévue. Sans doute le chat orange s'était-il adonné à son jeu favori, faire tomber le combiné et le regarder se balancer au bout du fil ! Il racontait en riant et me confiait le soin de prévenir à sa place. Puis, un autre homme l'a rejoint, l'air affairé, portant un cartable et plusieurs classeurs. Ils se sont engouffrés dans une voiture.

À demain matin ! a-t-il dit en passant la tête par la vitre ouverte, juste avant de mettre le moteur en marche.

La cour de l'auberge me rappelait une autre cour, où mon enfance rôdait peut-être encore si personne n'avait songé à l'engloutir sous le prétexte de la modernité. Quelques plantes en mauvaise santé y étaient dispersées sans ordre apparent. Un séchoir à linge, à peine dissimulé derrière un paravent, exhibait des sous-vêtements féminins que j'attribuais plutôt à la jeune fille eu égard à leurs couleurs vives. Deux ou trois fauteuils en osier terminaient leur carrière sous un désordre hétéroclite. Plusieurs outils de jardinage s'appuyaient contre un mur, résolument inutiles. Le chat orange, endormi sur un banc en faisant mine de ne pas me voir, m'apparaissait de plus en plus comme une sorte de potentat. Je n'étais plus sûre d'entretenir avec lui des rapports aussi chaleureux que lorsqu'il m'avait rendu visite dans la chambre. Le despotisme domestique qu'il semblait exercer sur ces lieux, et auquel j'avais d'une certaine façon succombé, me le rendait soudain antipathique.

Mon couvert était mis sur une petite table ronde. Une fleur était posée à côté de mon assiette. J'ai eu une soudaine envie de pleurer, comme si je rentrais chez moi après un drame auquel j'aurais fait face toute la journée, et que j'étais désormais dans une solitude extrême dont je ne me sauverais pas. Je connaissais ce sentiment, mais je ne savais plus dans quelles circonstances il était survenu avec la même violence. Sans doute à plusieurs occasions que je préférais ignorer.

C'est un peu chaud mais très désaltérant, a déclaré la femme en posant la soupière près de moi. Une odeur acidulée montait en volutes fumantes. La même soupe à l'oseille parfumait certains soirs la cour de mon enfance. Je n'ai pas osé l'évoquer, je devinais qu'un silence gêné serait l'unique réponse à une confidence. Je me suis contentée de la remercier.

Je découvrais son visage marqué par une fatigue identique à celle de sa fille, mais qui avait eu le temps de faire des ravages. La peau flétrie et terne ne dessinait plus rien de précis, les yeux s'enfonçaient dans un sombre mystère, que l'absence possible d'un homme aggravait peut-être. Elle portait une robe trop courte qui laissait apparaître des jambes abîmées. Des espadrilles neuves, d'un vert phosphorescent, attiraient l'œil. Elle les enfilait comme le faisait sa fille, mais l'inverse était plus probable.

Je connais les propriétaires de la maison que vous allez visiter demain, a-t-elle dit, ce sont des Alsaciens. Ils sont retournés là-bas. C'est une belle maison. Elle doit être chère.

Cela m'était égal et ne la regardait pas. J'ai eu envie de demander le nom des propriétaires, mais quelque chose m'a retenue. La peur d'entendre un de ces noms courants, là-bas, et dont je n'aurais su quoi faire. Muller, par exemple.

C'est pour tout le temps ou pour les vacances ? a-t-elle demandé. Depuis plusieurs mois, je ne faisais plus la différence alors je n'ai rien trouvé à répondre, j'ai haussé les épaules. Le doute. Elle comprenait, mais je n'ai pas osé demander ce qu'elle comprenait exactement.

Le chat orange est descendu de son banc pour nous rejoindre. Elle l'a pris dans ses bras en disant, C'est mon tyran, mon gros matou, mon coquin, mon voyou. C'était tragique. Dans ce décor maussade, ces mots étaient un appel à l'amour, un sanglot de femelle délaissée.

J'ai un chat, moi aussi, ai-je soupiré. Elle m'a jeté un drôle de regard. Je n'aurais peut-être pas dû me laisser aller à un tel déballage. J'ai ajouté qu'il était seul à m'attendre chez moi, et je ne savais si cette précision spontanée m'était venue pour tenter de me rapprocher d'elle ou pour une autre raison. Nous étions deux femmes seules avec leur chat, rien que de très banal, voulais-je seulement suggérer. Aucune réaction. Elle a traîné les pieds sur le ciment et a disparu sans un mot. Je m'étonnai une fois de plus de cette propension à m'inventer des vies. Théo m'attendait lui aussi, et il s'occupait du chat. Il respectait mon silence, ne téléphonait plus et ce vide entre nous créait un lien que je n'aurais su définir.

Quelques minutes plus tard, la jeune fille est venue changer mon assiette et m'apporter la tarte à la rhubarbe. Ce n'était plus la même personne. Elle était maquillée, portait une robe à fines bretelles et des mules à talons hauts. Ses cheveux relevés retombaient en queue-de-cheval et de longues boucles d'oreilles dansaient dans son cou. Je reconnaissais l'odeur un peu entêtante de l'huile parfumée, je ne reconnaissais rien d'autre, elle était transformée. J'ai dit, Vous êtes belle, pour lui faire plaisir. Elle a esquissé une moue. J'ai pensé à C'est comme ça pour tout ici, c'est toujours autre chose, mais c'est pareil. J'avais envie de la citer. Je ne l'ai pas fait, je n'étais pas sûre de l'amuser.

Elle a pris la soupière et l'assiette, et je l'ai regardée s'éloigner, perchée sur ses talons qui l'obligeaient à se déhancher. Ce léger tangage animait la queue-de-cheval qui se balançait d'un côté et de l'autre de ses épaules blanches et dodues. Avant de disparaître à l'intérieur, elle s'est retournée et m'a demandé si je désirais un café.

J'ai soudain pensé à la rue des Vignoles, à cause de ce bruit léger des talons, ceux de Marie, la serveuse du *Zanzibar*. J'aurais voulu être dans la rue des Vignoles à la même heure, à la terrasse du café de M. Maurice, avec un journal et mon verre de vin, comme chaque soir, dans le bruit des conversations au comptoir, sur fond de radio en sourdine. J'aurais voulu retourner dans cette vie d'avant, avant la première maison visitée et les autres, avant la boîte trouvée dans le tiroir de ma mère.

Avant.

Je me suis levée et je suis allée demander un verre de vin et un journal s'il y en avait un. Je suis revenue à ma table avec le verre et le journal, mais ce n'était pas comme dans la rue des Vignoles. Il manquait le sucre chaud des crêpes de l'Italien qui embaumaient toujours la place, il manquait la rumeur de la ville, l'odeur d'asphalte, le gris et le nacré du ciel.

J'ai parcouru le journal d'un œil distrait et bu mon vin qui n'était pas un saumur mais un médiocre breuvage. Le chat orange est arrivé, il a sauté sur la table et s'est assis à côté de mon verre, comme le fait le chat de M. Maurice, rue des Vignoles. Il y a toujours un détail qui embrouille tout.

La lumière commençait à baisser et plus aucun bruit ne me parvenait. La mère avait-elle suivi la fille ?

Je suis allée reposer le journal sur le comptoir de l'accueil, en lançant un Bonsoir ! auquel personne n'a répondu. Alors j'ai regagné l'étage et suis entrée dans la chambre ouverte.

Le chat orange dormait sur le lit. Je l'ai chassé. Il a miaulé plusieurs fois dans le couloir, mais je n'ai pas cédé. Je me suis allongée et j'ai fermé les yeux.

Une conversation à voix basse se tenait dans le jardin d'en face. Un homme et une femme. Ils se tutoyaient. Parfois le ton montait puis redevenait *mezza voce*, presque mélodieux. Après un court silence, des éclats de rire ont fusé ponctués par un mot très distinctement prononcé : impardonnable. C'est impardonnable, a répété l'homme. La femme semblait protester, mais ses arguments restaient inaudibles.

Je me suis approchée de la fenêtre. Le couple s'embrassait. Je les distinguais à travers le feuillage. Les jambes blanches cherchaient celles de l'homme. Une légère brise faisait frémir leurs silhouettes enlacées derrière le balancement des branches. Le chien assis qui se désintéressait de la scène s'est dressé en m'apercevant. J'ai reculé, mais il aboyait déjà. Couché ! a ordonné la voix masculine. Il s'est couché. Silence. Un rire étouffé s'est déployé dans cet espace, un joli rire de plaisir contenu, de volupté.

Du désordre qui régnait sur la table, émergeait une carte postale, sans adresse et sans nom : Pas le temps d'écrire. Je t'embrasse. Jo. La photographie en noir et blanc représentait un vieux port de Marseille disparu, enfoui au large, dans la mémoire des vagues.

Jo était-elle une femme, sa femme ? Ou bien était-ce un homme, son ami ? J'ai un peu fouillé pour dénicher d'autres indices. C'était la seule trace, qui datait de la semaine précédente. Un post-scriptum précisait, Je n'aurai pas non plus le temps de passer. Rentre directement à Paris. Et toi ?

Et lui ?

Les vêtements épars, les objets délaissés dans sa chambre, les livres sur la table de nuit, quelques mots échangés au pied de l'escalier et dans la rue du village, c'était tout ce que je connaissais de lui. Deux pantalons de toile, des chemises encore pliées, des tee-shirts en boule sur une chaise, un grand sac, des sandales et des tennis, un cartable, des boîtes de dossiers empilées contre un mur, voilà tout. Et aussi quatre abricots sur la table, un petit ordinateur, des crayons de couleur, un canif, des allumettes provenant d'un restaurant, *Les Embruns*, un numéro de *Ouest-France* avec un article entouré de rouge en première page. Il s'agissait d'un projet, un « théâtre éphémère » sur le littoral. L'instigateur se nommait Alex Pasquier.

Quelque chose me disait que j'étais dans sa chambre. J'ai lu l'article et j'en étais encore plus convaincue. Pasquier pouvait être l'homme qui soulignait des phrases dans les livres, possédait un vieux réveil Jaz et fumait des blondes. L'idée de visiter la maison avec lui me plaisait, le mot éphémère me plaisait. Il y avait déjà cette phrase à propos du désespoir que la marche tient en respect, et maintenant ce mot flou, évanescent. C'était peut-être une passerelle entre lui et moi, la promesse d'une sorte de vérité.

Je suis descendue dans le hall et j'ai cherché son nom dans le registre. Le sien et le mien se côtoyaient sur la page. Deux écritures différentes. L'une sèche et irrégulière, l'autre était celle qui avait oublié un *n* à sonnette.

Un éclair d'orage a électrisé la nuit tombante. Je suis retournée dans la chambre d'Alex Pasquier, j'ai fermé la fenêtre parce que la pluie tombait sur le parquet ciré. Je n'osais pas allumer une lampe. En tâtonnant, j'ai pris le dernier livre de la pile. Je l'empruntais. Avec un peu de chance, son propriétaire l'avait déjà lu et ne le chercherait pas. J'ai alors aperçu le chat orange. Il était revenu se mettre sur le lit, à mon insu. Il me fixait avec une sorte de défi. Je l'ai laissé et j'ai tiré la porte derrière moi.

Ma chambre n'était plus du tout rose. La lumière du plafonnier l'inondait d'un voile étrange qui balafrait les murs de longues traînées verdâtres. L'orage se rapprochait, les éclairs illuminaient le ciel. J'ai fermé les rideaux et je me suis déshabillée en articulant, Josette, Josiane, Jocelyne, Joseph, José, Joël, à voix haute. Mais Jo était le diminutif d'un prénom féminin, j'en étais convaincue. Plantée devant la glace, j'ai décliné plusieurs fois cette litanie, dans un ordre toujours différent, avant d'aller me glisser sous le jet de la douche.

Il n'était pas trop tard pour téléphoner à la chambre d'hôtes dans laquelle j'avais oublié une jupe et le carnet où se succédaient les croquis des maisons visitées, avec chaque fois notes et impressions détaillées. On m'a proposé de me les envoyer, je préférais passer les prendre et revoir la Loire dans toute sa splendeur, sa somptueuse paresse que j'avais admirée pendant plusieurs jours avant de venir jusqu'ici. La chaleur persistante avait mis à découvert les bancs de sable qui s'étiraient à l'infini, transformant le fleuve en vaste étendue immobile où le ciel se reflétait dans quelques flaques, çà et là, petites oasis surpeuplées d'oiseaux querelleurs qui se disputaient une eau rare. Je marchais pieds nus pendant des heures, oubliant les rendez-vous avec les agences. Je ne voulais rien d'autre qu'une maison au cœur de cet évanouissement. Je me décommandais pour m'y perdre sous le soleil de feu qui buvait le fleuve jusqu'à la lie.

J'ai décidé d'y retourner le surlendemain pour récupérer la jupe et le carnet. Cette perspective m'enchantait. Puis j'ai ouvert le livre que j'avais emprunté à Pasquier mais l'orage a éclaté au-dessus de l'auberge et plongé ma chambre dans l'obscurité. J'ai entendu des cris dans le jardin d'en face. Les amants devaient s'enfuir sous la pluie. J'enviais la hâte avec laquelle ils allaient se précipiter l'un vers l'autre lorsque, de nouveau à l'abri, ils poursuivraient leur étreinte.

Le vent malmenait des volets et le chat orange miaulait dans le couloir. Je lui ai ouvert ma porte au moment où la lumière revenait. Il est entré et m'a jeté un œil réprobateur. Le téléphone s'est mis à sonner quelque part, plusieurs fois. J'étais seule dans la maison. Une peur enfantine s'est emparée de moi tout à coup. J'ai pris le chat dans mes bras, et j'ai cru entendre la voix de mon père appelant Izou, notre chatte, que je cachais parfois sous mes couvertures en lui promettant de l'emmener un jour très loin, rien qu'elle et moi, seules.

La lumière s'est de nouveau éteinte puis a de nouveau jailli dans la chambre. Izou est redevenue le chat orange, il s'est précipité sous le lit. J'ai repris le livre et cherché une phrase soulignée, il n'y en avait pas. J'ai lu celle qui était citée en exergue, *Nous aurons l'au-delà de nos jours*, au moment où une porte s'ouvrait et se refermait au rez-de-chaussée. S'agissait-il de la fille ? De la mère ? De l'homme de la chambre ouverte, qui rentrait de sa réunion imprévue ?

Une pluie diluvienne frappait les vitres, un miracle après des semaines de canicule, qui apaisait en moi une sourde angoisse, l'appréhension de ne pas aimer la dernière maison et d'avoir à poursuivre une quête épuisante dont l'issue restait improbable.

J'ai éteint la lampe de chevet. Dans le noir, la fenêtre se découpait sur fond de déluge que la clarté irisée d'un réverbère transformait en colère céleste, me rappelant les images religieuses qui marquaient les pages d'un livre de catéchisme de mon enfance, où l'au-delà n'était pas celui de Breton mais d'un dieu auquel je ne croyais déjà plus à l'âge de la communion solennelle.

Des pas se sont fait entendre dans l'escalier. Mon père avait l'habitude de se coucher tard et souvent, dans mon sommeil, ce pas résonnait avec la force d'une tempête annoncée, toujours la même, qui ravageait notre vie et le laissait chaque fois dans un état de profonde affliction. Il marchait dans mes nuits, vagabond de mes cauchemars, que je tentais de suivre en vain et dont les sanglots me bouleversaient. C'était un chagrin trop grand pour la fillette que j'étais alors.

Le matin, j'en voyais les traces sur son visage lorsque j'entrais dans la cuisine où il buvait déjà son café, en perdant son regard dans les colonnes d'un journal. Izou dormait sur ses genoux. Il me tendait la joue, sans un mot. J'y déposais un baiser furtif avec cependant l'envie de me jeter sur lui, de lui arracher ces feuilles que je le soupçonnais de ne pas lire, de crier des mots d'amour. Sans doute devinait-il l'effort que je faisais pour ne pas succomber à cette tentation. Il se levait, me servait un chocolat brûlant et disparaissait aussitôt. Je restais désemparée devant mon bol. Du journal froissé et abandonné sur la table, s'échappaient quelques minuscules craquements du papier qui se dépliait et dérangeait Izou dans son sommeil.

Ma mère entrait alors en scène, avec l'expression hagarde de celle qui ne sait ni son texte ni dans quelle pièce elle joue. Elle soupirait, venait m'embrasser en me serrant l'épaule — un geste de connivence que je ne comprenais pas — puis elle s'agitait en prononçant des mots ordinaires à propos du temps qu'il faisait et de l'absurdité des choses. J'évitais de croiser son regard et plongeais le nez dans mon chocolat, que je buvais toujours trop chaud plutôt que d'être complice de son jeu. C'était simple, elle n'aimait pas mon père et contemplait ses souffrances avec indifférence. Je lisais sur son visage la patience froide avec laquelle elle attendait une fin quelconque à cet enfer. Lorsque ce jour-là était arrivé, il m'avait semblé qu'elle redevenait la jeune fille que je n'avais pas pu connaître, celle que mon père avait croisée pour son malheur.

Les pas se sont tus dans l'escalier, mais ils entreprenaient d'arpenter le couloir. Le chat orange est allé flairer le bas de la porte. Je l'entendais gratter le bois. Je ne sais pourquoi je n'osais rallumer la lampe, ce n'était pas mon père qui marchait en prenant soin de ne pas faire grincer le plancher. Il ne viendrait pas me dire qu'il était tard et que je devais dormir avant d'aller s'effondrer sur son lit en pleurant. Il reposait depuis des années à des centaines de kilomètres de cette chambre, dans un petit cimetière de village où je ne pouvais plus retourner. Il me manquait avec une telle violence qu'il m'était devenu impossible de m'exposer à cette épreuve.

Après sa mort, ma mère avait eu plusieurs années d'euphorie, comme si, sans lui, elle était enfin dans sa vraie vie. Elle ne s'en cachait pas, et s'il m'arrivait de faire allusion au passé, elle se fermait et prétendait ne pas se souvenir. Puis, plus tard, perdue dans un monde aux dimensions insondables et fluctuantes, elle s'était mise à me parler de lui comme s'il était mon enfant ou bien se demandait avec quel homme elle m'avait commise. Elle avait tout oublié de notre vie, celle où certains matins, avant le chignon banane et le collier d'ambre, avant le tailleur et le sac à main, avant le col de fourrure jeté sur les épaules et la touche de *Soir de Paris* derrière l'oreille, elle avait la beauté mélancolique de certaines actrices du cinéma muet, fines et diaphanes, aux gestes désespérés. Elle n'aimait guère se montrer au saut du lit, elle préférait paraître avec cette coiffure blonde et lisse lorsqu'elle partait en ville effleurer du bout d'un doigt ganté des babioles aux *Grandes Galeries*, boire un thé à la pâtisserie Montrier, errer dans les rues en quête d'aventures imaginaires.

Elle rentrait harassée, se serrait la taille dans un tablier en vichy, mettait la radio et chantait Piaf avec Piaf, Trenet avec Trenet, Montand avec Montand.

C'était au fond du jardin qu'elle s'abandonnait enfin et devenait une sorte de dévergondée dans la douceur sauvage des buissons, les senteurs des parterres qu'elle cultivait avec passion.

Elle se laissait griffer jusqu'au sang par les rosiers et s'allongeait dans les hautes herbes. De loin, je la voyais respirer la terre, la prendre à poignées, la caresser avec cette volupté qu'elle refusait à mon père. Elle en revenait crottée, avec sur le visage une expression de gourmandise coupable, se mettait à table seule, mordait dans le fromage et buvait d'un trait son verre de vin. Puis, même en ma présence, elle restait plusieurs minutes immobile et silencieuse. Il me semblait que tout son corps exultait, qu'il retenait à grand-peine les râles d'un plaisir si intense qu'elle en avait des frissons.

Les pas se sont arrêtés devant ma porte. Je sentais l'odeur du tabac blond. Le chat orange a émis un miaulement sourd. La pluie redoublait tout à coup, et dans la glace de l'armoire le toit de la maison d'en face ressemblait à une mer déchaînée sur laquelle flottaient les meubles de ma chambre d'adolescente, mon père et son journal du matin déployé comme une voile en plein vent, tandis que j'entendais ma mère réciter son monologue quelque part au fond des eaux.

Le chat orange insistait. Il voulait rejoindre l'homme de la chambre ouverte qui se tenait derrière ma porte, j'en étais sûre. D'ailleurs un léger bruit se fit entendre, le grincement du loquet. Un mince écran pâle s'est dessiné dans le noir, laissant ainsi le passage au chat que je vis bondir dans la faible clarté du couloir.

Ils s'éloignèrent enfin, et je fixai de nouveau la glace de l'armoire où je voyais soudain ma mère sortir des eaux et marcher vers moi, le journal de mon père dans les mains, et m'annonçant sa mort comme si elle l'avait lue en même temps que les prévisions météorologiques. Il faudrait s'habiller de sombre comme il convient de se munir d'un parapluie si le ciel menace. Ma mère avait des principes.

Lorsque la pluie s'est enfin calmée et que le toit de la maison d'en face s'est apaisé, j'ai pu de nouveau allumer ma lampe de chevet et lire les premières pages du livre que j'avais emprunté. Mais chaque mot me ramenait à autre chose, un autre temps, et je continuais d'entendre les pas de mon père cherchant Izou pour ne pas s'endormir seul, et la voix de ma mère dans son couplet sur le triste et futile sens de la vie. J'allais peut-être sortir de mon lit pour aider mon père à trouver Izou, croiser ma mère en bas de l'escalier retenant la chatte dans ses bras et affichant un sourire énigmatique accompagné d'un clin d'œil auquel je ne répondrais pas. Je lui arracherais la chatte des mains et la porterais à mon père, comme on borde un enfant qui ne veut pas sombrer dans le sommeil sans s'assurer qu'on l'aime. Je l'avais si souvent fait que je n'en pouvais plus de toute cette fatigue de l'amour, alors que l'enfant c'était moi. Je n'arrivais plus à m'endormir tant que je ne percevais pas les premiers ronflements de mon père. Je me demandais parfois si l'importance qu'avaient prise les chats dans ma vie, par la suite, ne venait pas de ce temps-là et si chacun d'eux n'avait pas au fond de sa mémoire un peu de cette nuit dont ils aimaient sonder les mystères jusqu'au lever du jour, et qui effrayait tant cet homme.

Après avoir tenté plusieurs fois de relire les quelques pages qui ne parvenaient pas à retenir mon attention, j'ai fini par abdiquer et par m'abandonner au soudain silence qui s'était installé dans la maison, dans la rue. Un silence dont il me semblait sentir sur ma peau toute la densité, toute la muette connivence. Mon souffle à peine perceptible palpitait dans cette immense absence. Je me laissai aller à de brèves et vaines tentatives pour retrouver un peu la force de réfléchir à tout ce qu'il faudrait inventer, le lendemain, pour convaincre l'agent immobilier de me prêter la maison quelques heures. J'y parvenais chaque fois avec un peu plus de difficulté, mais c'était la dernière.

Je me suis levée, j'ai enfilé un pantalon et une chemise. Je suis sortie sur la pointe des pieds. Dans le couloir qu'une faible veilleuse rendait blafard, un trait lumineux dessinait la porte de Pasquier. Lui non plus ne dormait pas. J'ai descendu l'escalier en retenant mon souffle, et suis allée respirer à fond l'air frais et humide de la cour où une gouttière pianotait dans le noir. D'une fenêtre ouverte s'échappait une musique facile et répétitive. J'ai marché un peu, de long en large, jusqu'à ce que j'aperçoive la fille à la fenêtre et la silhouette trapue d'un jeune garçon qui se tenait dans son dos, très près. Elle n'avait plus sa queue-de-cheval, ni la robe à fines bretelles, elle était enveloppée dans ce qui devait être un drap et sa chevelure ruisselait de partout, se répandait en longs écheveaux sur ses épaules et sur sa poitrine. J'ai fait mine de ne rien voir et j'ai continué de parcourir l'espace en tous sens. La fenêtre s'est fermée avec une brusquerie qui m'était sans doute adressée.

Lorsque je suis retournée dans ma chambre, celle de Pasquier s'était dissoute dans le clair-obscur du couloir. J'ai encore marché un moment dans mon étroit refuge que la nuit semblait avoir conquis en mon absence, et dans lequel je craignais de ne pas trouver le sommeil. Des voix ont surgi. Elles venaient du rez-de-chaussée et je reconnaissais celle de la mère. Celle d'un homme, sourde et éraillée, s'interposait sans cesse avec autorité. Puis ils se sont éloignés.

Je suis allée fermer les doubles rideaux, et l'image de la jeune fille drapée m'est apparue. L'étoffe glissait le long de son corps, comme sans doute elle venait de le faire sous les mains du garçon. Je me suis demandé si elle avait cette moue désabusée lorsqu'il la serrait contre lui, si sa mère offrait sa silhouette fragile à l'homme qui l'accompagnait, et quels regards elles échangeraient le lendemain matin lorsqu'elles se croiseraient dans la cuisine.

J'ai fouillé dans mon sac pour en sortir la montre de mon père que je trimballais partout depuis que je l'avais découverte au fond d'un tiroir, chez ma mère. La boîte contenait également son certificat de démobilisation, un plan de Paris datant des années quarante, sa carte d'identité du ministère de l'Agriculture et du

Ravitaillement faite le 13 mai 1943, et le câblogramme qui lui avait annoncé ma naissance. J'avais le tout dans ma valise.

J'ai mis la montre sur la table de nuit. Les aiguilles marquaient 8 h 27, depuis des mois. La petite trotteuse noire était toujours bloquée entre le chiffre deux et le chiffre trois. Cette immobilité ressemblait à un sursis. Je me suis recouchée. J'ai éteint la lampe.

Assis à son bureau, mon père traçait des lignes sur le papier calque, pendant des heures. Ses doigts toujours un peu enflés avaient cependant une agilité, une délicatesse qui rendaient exact chacun de ses gestes. Il gommait, faisait glisser le compas sur la table, puis la règle, relevait la tête, s'évadait un peu au-delà des toits, puis se penchait à nouveau sur ses plans. Le plus souvent Izou, assise sur un haut tabouret, suivait le mouvement de la rue avec indifférence. Ou bien elle venait se coucher avec un air buté sur la feuille où il dessinait. Cela le faisait rire. Il attendait toujours quelques minutes avant d'intervenir. Puis il la repoussait tendrement.

J'enviais leur complicité, j'ai plus souvent rêvé d'être chat que du père Noël. Mais je n'en voulais pas à Izou, d'une certaine façon elle était un précieux intermédiaire entre lui et moi.

Je l'aimais, il savait que je l'aimais et peut-être m'aimait-il un peu à cause de ça, de mon attachement sincère à Izou.

De temps en temps, il avait un geste nerveux pour rejeter en arrière une mèche rebelle qui venait danser devant ses yeux. C'était un geste vif, jeune, heureux presque. Je voyais sa nuque un peu épaisse, ses épaules un peu lourdes, et aussi le profil las de son visage absorbé par ce qu'il étudiait sur le calque dont il aurait à rendre compte à quelques paysans rétifs : des bouleversements dans leurs terres éparpillées sous prétexte de remembrement et de progrès. Je l'avais accompagné deux ou trois fois dans ses tournées. Il redoutait le bon sens lucide des hommes et le silence des femmes. Leur regard accusateur le mettait mal à l'aise. Nous mangions cependant le jambon et les larges tartines de pain et buvions le café-chicorée à la grande table de la ferme, que les mouches prenaient comme terrain d'atterrissage après avoir tournicoté autour de nos têtes.

Un jour, pour rassurer un paysan que le chamboulement de son territoire effrayait, mon père l'avait emmené, après le déjeuner, dans l'un des nouveaux terrains prochainement destinés à sa ferme pour lui prouver qu'il y avait bel et bien une source. J'avais vu le bâton tourner dans sa main et la montre qu'il réservait à cet exercice se balancer au bout de sa chaîne, sous les yeux écarquillés du paysan. À l'école, je racontais que mon père était magicien. On me croyait.

Je le voyais assis à son bureau, et derrière lui la bibliothèque remplie de divers atlas, de livres d'architecture. Je revoyais le fauteuil en cuir lacéré par les griffes d'Izou, où il jetait toujours un vieux gilet de laine. C'était là qu'il venait s'isoler, tard dans la nuit, loin de nous. Parfois, il me permettait de rester un court moment. Je lui redemandais chaque fois de me montrer la Syrie, l'endroit exact où il était au début de la guerre. Il se contentait de mettre son gros doigt sur la carte et de me dire, Laisse-moi, maintenant, il est l'heure d'aller te coucher. Je sortais toujours insatisfaite. Qu'était-il allé faire là-bas ?

Souvent, je l'épiais de longues minutes par le trou de la serrure, essayant de percer ce mystère qu'il représentait à mes yeux. J'espérais découvrir un indice qui me mettrait sur la voie, me le rendrait accessible. Mais il a disparu avant.

J'avais le fou rire lorsque je l'entendais fredonner *C'est la valse brune des chevaliers de la lune...* Ou encore *Sous les ponts de Paris, lorsque descend la nuit...* Il chantait faux.

Il lui arrivait de jeter règles, crayons et compas sur la table, de prendre Izou dans ses bras, d'ouvrir la fenêtre. Il lui parlait à l'oreille pendant de longues minutes. Je ne pouvais entendre, à cause de l'agitation extérieure. Il ne me prenait plus dans ses bras à cette époque, était-ce parce que j'avais grandi ? Ou alors je ne m'en souvenais pas, mais comment pouvais-je ne pas m'en souvenir ?

Lorsqu'il quittait son bureau, je m'y glissais en cachette et je contemplais les puzzles de terrains qui pourraient enfin accueillir les premiers tracteurs Ferguson, qu'il vantait à des paysans perplexes comme s'il avait quelque bénéfice à tirer de ce nouveau marché. Il ne jurait que par l'Amérique, affichait dans son bureau toutes les publicités de machines agricoles qui bientôt envahiraient nos campagnes. Je leur trouvais des allures d'insectes monstrueux, et je comprenais les réticences paysannes. Les prés et les champs allaient sentir l'essence et l'huile chaude.

Sous les plans de cadastre, j'avais découvert d'autres croquis de maisons inachevées et perdues dans des paysages à peine ébauchés, dont le mystère était accentué par quelques cotes indéchiffrables. Elles se ressemblaient toutes. Je pensais alors qu'il m'imitait, quand au lieu de faire mes devoirs je dessinais toujours la même baraque maladroite, chapeautée d'un soleil ébouriffé et flanquée de deux arbres trop grands pour elle. Cela me rassurait de nous trouver cette complicité clandestine même si je n'osais pas lui en parler. Je voulais lui ressembler, avoir au fond des yeux cette ombre impénétrable. J'aimais me glisser en douce dans ce petit secret, m'y reconnaître.

Un jour, sous la pile des brouillons de dessins, j'avais fait une découverte inattendue, celle d'une image pieuse, alors qu'il affichait un incorruptible athéisme. La vierge y apparaissait dans un halo de lumière, se penchait au-dessus de trois jeunes filles en prière. Au dos, un certain abbé Perreyve signait cette humble adresse :

Vierge sainte, au milieu de vos jours glorieux, n'oubliez pas les tristesses de la terre, jetez un regard de bonté sur ceux qui sont dans la souffrance, qui luttent contre les difficultés et ne cessent de tremper leurs lèvres aux amertumes de la vie...

Ma mère et lui venaient de s'affronter avec encore plus de violence que d'habitude. Elle lui tenait tête sans peine, savait économiser ses forces, se contentait de lui répondre par des ricanements qui le terrassaient. Elle virevoltait et jetait à terre un objet au hasard, claquait la porte et le laissait décontenancé, au beau milieu d'une phrase qu'il achevait d'articuler dans un murmure.

Je ne sais pourquoi c'est ce murmure qui m'a réveillée. Alors j'ai de nouveau allumé la lampe et lu le livre jusqu'au bout.

Le livre de Pasquier avançait peu à peu dans les obscurs dédales de la mémoire d'un homme que la dernière guerre continuait de hanter. Je le suivais, d'abord animée par une sorte de compassion, puis en réalisant que sa quête m'était familière. Contrairement à lui, je ne pouvais en aucun cas me sentir responsable. J'étais née en même temps que cette guerre. Cependant, tout ce qu'il évoquait, les nuits lourdes d'angoisse, les rues désertes, les visages fermés, le désespoir muet au fond des yeux, les bruits de pas dans le silence, le silence terrifiant de la ville après le couvre-feu, le ciel piqué de fausses étoiles avant le bombardement, je savais tout cela, je l'avais moi aussi en mémoire.

J'avançais donc à ses côtés, dans les profondeurs d'un temps soudain si proche que je revoyais certaines images qui somnolaient encore en moi. Je marchais dans la rue avec ma mère. Elle me tenait par la main. Une patrouille allemande, qu'un pas alerte soudait, surgissait tout à coup. Je sentais la main de ma mère se crisper. Moi, j'aimais leurs parades et leurs costumes militaires, ce pas martelé qui résonnait dans la ville comme la mécanique d'un effrayant manège. Je courais toujours à leur rencontre avec enthousiasme, tapais dans mes mains, ravie de ce spectacle qu'ils donnaient avec tant d'ardeur. Cette fois encore, j'avais échappé à ma mère. Elle m'avait rattrapée, m'avait secouée en les insultant à voix basse et en me promettant une punition exemplaire. L'un d'entre eux s'était avancé, avait articulé *jolie* en me regardant et avec cet accent dont la musique un peu râpeuse rappelait celle des chants qu'on entendait le soir, lorsqu'ils sillonnaient la ville. Je ne sais si c'était la raison pour laquelle j'avais paraît-il chanté bien avant de parler, comme si le langage était avant tout musique et que le sens des mots avait moins d'importance que leur mélodie.

Au désarroi que le narrateur éprouvait en tentant de comprendre le tragique enchaînement qui avait conduit ses voisins au drame concentrationnaire, et dont il semblait se sentir responsable par lâcheté, me venait en écho une scène nocturne dans la cave de notre petit immeuble, lors d'un bombardement. Longtemps j'avais cru que cette scène n'avait pas existé, je pensais l'avoir vue beaucoup plus tard dans un film, ou encore qu'elle n'était qu'un cauchemar dont je ne parvenais pas à me débarrasser. Mais un jour, adolescente, je l'avais racontée à ma mère qui m'avait écoutée avec stupéfaction. Je me souvenais de cette nuit-là, comment était-ce possible, je n'avais que quatre ans !

Je m'en souvenais parfaitement.

Mes parents et moi étions descendus les premiers. Je les avais réveillés à cause du ciel, de ces étranges lumières qui éclairaient la ville. Tous les locataires s'étaient regroupés dans l'obscurité de la cave. Ils arrivaient à tâtons, en chemise de nuit ou en pyjama, en se tenant les uns contre les autres. Ils allaient se blottir contre les tas de bois, de charbon ou de pommes de terre. Dehors, les rues tremblaient et les éclairs d'un orage meurtrier entraient jusque dans la cave, frôlant les visages d'une mauvaise lumière.

L'un de ces éclairs avait soudain sorti cette curieuse et pitoyable assemblée de l'obscurité dans laquelle elle s'était réfugiée. Un soldat allemand était là. Il tenait dans ses bras la femme qui habitait juste au-dessus de chez nous, une femme maigre au teint cireux malgré son jeune âge. Elle avait alors enfoui son visage dans la vareuse de son amant, qui semblait effrayé.

La stupeur avait d'abord figé tout le monde. Un Boche ! Qu'il sorte, faites-le sortir !

Certains approuvaient, il n'avait rien à faire là !

Une femme avait pourtant protesté, et d'autres avec elle, Pas sous les bombes, ce n'est pas bien !

Ce sont les siennes, qu'il aille voir un peu ce qu'elles font ! avait rétorqué quelqu'un.

Le ton de ces répliques qui fusaient dans le noir me revenait avec toute sa violence, et je me souvenais que je ne voulais pas voir le soldat sortir, je comprenais le danger, cette menace permanente à laquelle tout le monde semblait sans cesse tenter d'échapper et qui faisait de la vie une aventure inquiète, une fuite éperdue de jour en jour, d'une nuit trop longue à une autre. Il ressemblait à ceux que je croisais dans les rues et qui me souriaient. Je connaissais quelques-uns des airs qu'ils chantaient. Je ne voulais pas le voir partir.

Il était finalement resté. Chaque bombe jetait une pluie de gravats sur nos têtes, provoquait cris et sanglots dans la cave et bruits sourds aux étages. Lovée entre mon père et ma mère, dans la chaude étreinte de leur corps à corps forcé, j'étais plus effrayée par les larmes des adultes que par les détonations des bombes. Le calme revenu, chacun avait regagné son appartement pour constater les dégâts, abandonnant les amants à la sombre humidité de la cave. Personne n'avait revu le soldat dans l'immeuble. La jeune fille de l'étage au-dessus passait comme une ombre dans les escaliers, mais, après la guerre, elle avait fait partie du sinistre troupeau des femmes tondues sur la place, près de chez nous, sous les cris odieux d'une foule en délire qui réclamait leur mort.

Je n'ignorais pas que ces vieux souvenirs renfermaient ce que je cherchais, quelque chose d'impossible à admettre jusque-là, mais qui peu à peu se rapprochait de la lumière. Toutes les maisons visitées, dans lesquelles je parvenais à maîtriser ce long travail d'exploration que je refusais de faire dans le cabinet d'un psychiatre, m'aidaient d'une étrange façon. Je trouvais un réconfort à errer dans leurs murs encore habités malgré leur apparent abandon. La dernière visite serait-elle la fin de cet interminable périple ? J'en avais l'intime conviction.

LA MAISON

Les choses arrivent, les événements, les anecdotes, les soubresauts des jours. Parfois la vie semble n'être que cela, rien que cela. Elle se faufile entre une multitude d'accidents heureux ou malheureux, de rencontres et de séparations, de détails infimes dont le sens nous échappe le plus souvent. On se demande quand tout va s'organiser enfin, être tangible, évident. On attend, tout se disperse dans le désordre et pendant ce temps la vie est en marche, en fuite même, car chaque jour ou presque la mort nous chuchote, Viens, ne cherche plus, repose-toi, je m'occupe de tout. Elle non plus nous ne la reconnaissons pas, nous savons seulement qu'elle doit advenir. Son murmure se perd dans le vacarme du monde, pour mieux nous surprendre, nous saisir au vol…

Il m'attendait dans la cour, assis à ma table, je veux dire celle qui était mienne, la veille. Le chat orange se vautrait à ses pieds, cherchant le soleil qui filtrait derrière le feuillage d'un jardin mitoyen, mais il a relevé la tête et j'ai lu dans ses yeux cuivrés le même reproche que lorsque je l'avais surpris dans les jambes de sa jeune maîtresse.

Il y avait une tasse et un verre de jus d'orange sur la table d'à côté. Je me suis assise. Pasquier m'a dit en souriant que je devais aller chercher mon café et mes tartines à la cuisine. La mère et la fille dormaient encore, il s'était occupé de tout.

Je suis allée à la cuisine. Le pain tranché était posé près du grille-pain, le café se tenait au chaud dans une Thermos et plusieurs pots de confiture étaient alignés sur la table : framboises, cerises, mirabelles et melon. Tout en faisant griller mon pain, je l'observais derrière le store. Il allumait une cigarette, tendait son visage au soleil en fermant les yeux, s'étirait, cherchait son bol à tâtons, buvait, tirait une bouffée de sa cigarette, buvait encore. Un présent volatil et presque irréel flottait dans l'air. Comment le saisir ? J'éprouvais une sorte d'ivresse, celle de ces rares matins qui ressemblent à un début.

Le pain brûlait. J'ai renoncé aux tartines, emporté la Thermos et suis allée boire mon café à ma table. Il restait dans sa position offerte au soleil et sans ouvrir les yeux m'a dit, Je lui vole un peu de douceur, avant qu'il s'embrase de nouveau.

Une fenêtre s'est ouverte, celle où la fille m'était apparue pendant la nuit, dans sa nudité drapée. Le garçon bâillait avec un gémissement de félin. Elle a enroulé ses bras autour de ses épaules. On ne voyait que sa chevelure se répandre sur le torse du garçon, et ses mains blanches sur la peau mate. Puis elle a relevé la tête et nos regards se sont affrontés. Je lui ai fait un vague signe auquel elle n'a pas répondu. Après tout, elle n'était pas en service.

Ils ont disparu. Pasquier, qui n'avait toujours pas quitté son face-à-face avec le soleil, s'est penché pour me confier qu'il ne comprenait rien à cette fille. Moi non plus, ai-je répondu. Il s'est alors tourné vers moi pour me demander ce que je pensais du livre que je lui avais emprunté. J'ai rougi. Il a souri, s'est levé, et tout en se dirigeant vers la cuisine, m'a simplement dit,

Chaque individu est une énigme, non ? Vous n'avez rien mangé, a-t-il ajouté, prenez une tartine avec moi.

J'en voulais bien une. Il fallait une vingtaine de minutes pour nous rendre à La Pinède, nous avions le temps de traîner encore un peu. Je l'ai entendu s'exclamer dans la cuisine, il découvrait le pain brûlé que j'avais laissé sur la table, et moi je doutais de n'être là que depuis quelques heures seulement.

Le chat orange a bondi en entendant le chuintement des espadrilles qui se rapprochaient quelque part dans la maison. Il a couru à leur rencontre. La mère est apparue, fanée et voluptueuse à la fois, entortillée dans un peignoir mauve qui donnait à son teint un pâle velouté, une langueur. Elle a pris son voyou dans les bras et m'a saluée d'un geste bref. De la cuisine, Pasquier lui a proposé un café qu'elle a accepté.

Je l'entendais faire tinter la vaisselle et siffloter. Elle, l'air un peu absent, jouait avec le chat orange, l'enroulait autour de son cou, imitait ses miaulements. Puis elle s'est avancée en traînant les pieds comme à son habitude, et sans m'adresser un regard s'est assise à la table de Pasquier. Elle avait le même visage que lors de

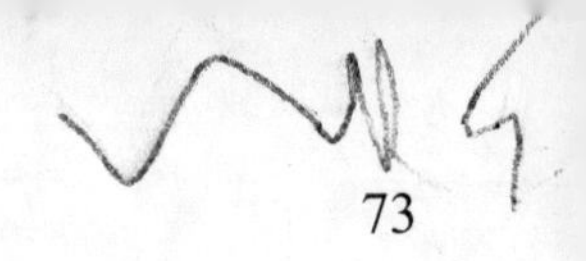

mon arrivée et je sentais qu'il était préférable de ne pas engager la conversation. L'homme à la voix éraillée allait-il surgir à son tour ? C'est Pasquier qui est arrivé, tenant un plateau à bout de bras.

Ne suis-je pas exceptionnel ? a-t-il demandé en riant et en posant le café et nos tartines sur les tables. Elle a eu une sorte de sourire indécis qui m'évoquait plutôt la moue de sa fille, quelque chose d'illisible, qui pouvait tout à fait se transformer en son contraire.

Depuis bientôt deux mois que je suis ici, j'ai déjà eu l'occasion de prouver mes compétences en matière de petit déjeuner, c'est ce qui me donne tant d'audace, a-t-il ajouté en me faisant un clin d'œil. Je suis un lève-tôt, je n'ai aucun mérite ! Elle a mordu dans une tartine en hochant la tête. Il n'a pas insisté.

Je sentais le soleil sur ma nuque et dans mon dos. D'innombrables cristaux brillaient sur la dalle de ciment qui commençait à chauffer sous mes pieds. Une odeur d'herbe chaude provenait sans doute du jardin d'à côté, où le bruit d'un jet d'eau s'est accompagné d'un juron et des cris joyeux d'un enfant. Pourquoi notre silence me paraissait-il chargé d'une indicible menace ?

À cause de cette nuit encombrée par mon père qui l'avait traversée sans me voir, sans m'adresser une seule fois la parole ? À cause de ma mère à laquelle je racontais toujours la même histoire, la sienne, la nôtre, ou la leur, je ne savais plus ? À cause de cette maison, la dernière, que j'allais visiter avec cet homme ?

Il faisait déjà trop chaud. Je me suis levée, il s'est tourné vers moi, et je lui ai demandé, Pourquoi éphémère ?

Il s'est figé un instant, a fini ce qui restait de café dans son bol et s'est levé à son tour.

Allons-y, a-t-il répondu, nous finirions par être en retard.

J'avais visité la première maison en décembre, dans une campagne pétrifiée par le froid et la neige. Il avait fallu une voiture équipée de pneus à clous pour accéder au hameau dans lequel elle se trouvait. Je me souvenais du paysage immaculé, de la route qui disparaissait par endroits mais dont nous devinions le tracé grâce aux arbres qui la bordaient. Nous ne parlions pas, la femme de l'agence et moi. Elle était tout entière concentrée sur sa conduite. De temps en temps je me permettais de donner mon avis sur sa vitesse que j'estimais excessive et son utilisation risquée du frein sur un sol instable. Elle n'en avait pas pris ombrage et avait même déclaré qu'elle m'eût volontiers laissé le volant, mais bien sûr il ne pouvait en être question.

Le hameau, quatre maisons blotties les unes contre les autres, ne donnait aucun signe de vie. Dès notre descente de voiture, les volets s'étaient entrebâillés. Nos pas s'enfonçaient dans la neige et lorsque nous avions laissé la dernière grange derrière nous pour atteindre la maison à vendre, presque à l'orée du bois, j'avais pensé à un chemin semblable, dans une autre campagne, à des voix qui m'empêchaient d'entendre ce que disait la femme en me montrant le jardin.

Je m'étais ensuite étonnée de son bel aspect, elle m'avait alors répété que l'ancien propriétaire était mort à l'automne, qu'il avait vaqué à ses occupations jusqu'au bout.

Elle avait ouvert toutes les fenêtres, tous les volets, en haut et en bas, en récitant son commentaire avec indifférence. Je la comprenais, elle exerçait un métier à risques et plutôt sportif en hiver. Tout en l'écoutant, je marchais de long en large devant la cheminée. Deux bancs en pierre encadraient le foyer qui répandait encore une forte odeur de cendre et de suie. La pièce était vide, hormis une maie remplie de bûches et de vieux journaux.

Nous étions montées à l'étage. Les fenêtres des chambres s'ouvraient sur le bois. Des pins austères, quelques châtaigniers. Les murs blancs faisaient écho à la neige, nous baignions dans une lumière glaciale et je continuais ma déambulation d'une fenêtre à l'autre, d'une chambre à l'autre. Un lit de fer avait été abandonné dans la plus grande, avec les draps, les couvertures et un énorme édredon de satin. Je m'étais assise sur l'édredon. Je ne voyais plus que le ciel d'un bleu presque violet et les murs blancs. Je les contemplais comme une toile, une toile immense et aléatoire. La femme de l'agence s'impatientait. Un autre rendez-vous l'attendait à sept kilomètres, elle devait d'autre part me laisser à un arrêt de bus, ainsi que nous en étions convenues.

Allez-y, je vous attendrai ici, je n'ai pas d'autre visite à faire aujourd'hui, avais-je dit. Elle m'avait dévisagée, stupéfaite, et avait rétorqué, C'est impossible, cela ne se fait pas. Je sais, avais-je poursuivi, mais nous pourrions tout de même le décider, vous en avez pour deux ou trois heures à peine, je n'ai aucune chance de pouvoir me sauver et il n'y a rien à voler ici, n'est-ce pas ? J'ai besoin de m'habituer à elle, d'être seule un moment pour savoir, l'écouter, marcher dans le bois, la redécouvrir, l'essayer en somme…

Je lisais dans son regard qu'elle me prenait pour une cinglée, une de ces foldingues qui n'achètent jamais rien, se font promener ici et là en laissant croire qu'elles ont des projets et le budget qui va avec. D'un geste nerveux, elle avait feuilleté plusieurs fois son agenda, regardé sa montre et sans un regard avait quitté la chambre en déclarant qu'elle serait de retour dans deux heures.

J'avais attendu le ronflement du moteur puis de nouveau le silence pour descendre au rez-de-chaussée et faire du feu dans la cheminée. Assise sur un des bancs en pierre, je pouvais voir la forêt chapeautée de blanc grimper sur la montagne, suivre le vol sombre des corneilles. La chaleur commençait à piquer la peau de mon visage, je respirais cette bonne odeur du bois qui se consume.

Dehors, le vieux chien avait repris ses aboiements, et tout avait commencé. Les voix, celles que j'avais déjà cru percevoir sur le chemin s'étaient rapprochées, elles me parvenaient maintenant du jardin.

Alors, c'était l'été.

Le facteur avait dû poser sa bicyclette contre la grille d'entrée et s'approchait de la table placée sous le tilleul, à cause du soleil. On allait lui servir son verre de vin qu'il boirait d'un trait avant de ramener sa sacoche sur son ventre, d'un geste vif, et de soulever son képi sous lequel son crâne chauve transpirait. Je me souvenais d'un jour précis. Il avait donné une lettre à Madeleine, dont le visage s'était soudain pétrifié. Des bruits de fourchettes et de murmures, des rires d'enfants fusaient autour de la table, et tout à coup un vide immense dans lequel résonnait le vrombissement des guêpes qui fouillaient le lierre sur la façade de la grange.

Madeleine avait ouvert l'enveloppe bordée de noir, avait lu la lettre et l'avait tendue à Jules. Autour de la table, tous les gestes étaient suspendus. Le facteur avait baissé de nouveau son képi qui lui cachait les yeux. Il tenait son verre de vin sans oser le porter à ses lèvres, le reposait et partait sur la pointe des pieds. Puis, Jules avait dit, Ce sera le premier été sans lui…

Mais qu'est-ce que tu racontes, il n'y en aura plus jamais ! avait hurlé Madeleine, plus jamais puisqu'il est…

Ne prononce pas ce mot devant les enfants, ce n'est pas un mot pour eux ! avait coupé Jules, en froissant la lettre, l'oncle André est parti très loin, nous ne le reverrons plus, c'est suffisant ainsi… Ils peuvent se lever de table et aller jouer.

J'étais assise à côté de lui, j'avais pris ma respiration et j'avais dit, Je veux qu'il revienne. Ma mère me faisait signe d'aller jouer avec les autres mais je répétais de plus en plus fort, Je veux qu'il revienne, je veux qu'il revienne, JE VEUX QU'IL REVIENNE !

Au fond du pré, l'oncle André devait se boucher les oreilles, il disait toujours que ma voix de crécelle lui entrait dans la tête, et que si je voulais rester un peu à ses côtés, je devais respecter un silence absolu. J'étais prête à tout pour lui plaire.

Sous le casque colonial qu'il avait rapporté de ses années en Tunisie, je distinguais à peine les yeux d'un bleu froid qui scrutaient le paysage et le faisaient resurgir sur la feuille, dans le moindre détail. Je suivais le mouvement des doigts que les pastels recouvraient d'une fine poudre. Les traits s'estompaient et laissaient apparaître une image adoucie des prés, du ciel et de l'horizon, une image semblable à celle qui me reste en mémoire, un peu floue, dissoute dans la chaleur de l'été.

Le « plus jamais » de Madeleine avait-il quelque chose à voir avec le théâtre éphémère de Pasquier ?

L'oncle André était un mystère. Impossible de savoir où il se trouvait en dehors des rares jours dont il nous honorait chaque été. Qu'il s'éloignât davantage n'avait peut-être rien d'alarmant, avais-je estimé avec la logique heureuse qui donne à l'enfance la solution à tout. Je l'avais souvent entendu dire que si un jour il ne réapparaissait pas, il ne faudrait ni s'inquiéter ni partir à sa recherche. Il avait même ajouté, Je l'interdis, un point c'est tout ! Mais sa disparition brutale en annonçait d'autres, celle de Jules, puis celle de mon père quelques années plus tard. Fini les interminables déjeuners sous le tilleul, et le facteur avait dû se résoudre à mettre le courrier dans la boîte aux lettres.

J'avais quitté la table sous le regard absent de ma mère qui, là-bas, tentait d'être cette autre femme, ce fantasme rural qui la taraudait, et qu'elle ne serait jamais. Elle ne serait jamais dans la vérité crue de la terre, dans l'âpreté des pluies d'automne qui fouettent les os, malgré ses tentatives dans notre étroit jardin de ville où elle mimait la campagne, l'idée qu'elle s'en faisait, une sorte de dissipation du corps qu'elle était incapable d'assumer jusqu'au bout. Elle avait toujours refusé de suivre mon père dans ses tournées, ce n'était pas dans cette campagne-là qu'elle rêvait de s'exiler, mais dans un impossible ailleurs. Elle négligeait nos aventures matinales dans les bois, ne venait jamais s'asseoir près de l'étang et gardait ses distances avec le voisinage. Peut-être savourait-elle la douce lenteur des jours à sa façon, mais elle n'avait pas regretté la maison vendue, perdue, défigurée par ses nouveaux propriétaires. Pour moi, elle resterait toujours le lieu initial, ma petite patrie. Les voyages les plus lointains, les langues les plus étrangères ne prenaient sens que dans le souvenir de ce chemin-là, à l'endroit précis où je l'apercevais soudain au travers du feuillage des chênes, et où je me mettais à courir jusqu'au portail.

Le chien avait cessé d'aboyer, le feu se mourait lentement, j'étais allée faire quelques pas dans le bois. Certains départs à l'aube, avec Jules, avaient cette odeur forte d'humus et d'écorce. Nous partions à la cueillette des champignons. Bottes et canifs, tartines et gourdes composaient nos panoplies. Jules marchait devant, Bob dans scs jambes, et nous nous bousculions à leur suite, petits-enfants réunis par les vacances, et quelques gamins des fermes voisines. Nous passions devant la maison du loup, une cabane en ruine qui alimentait nos frousses délicieuses. Nous imaginions un loup blotti dans le foin, retiré des batailles vaines, solitaire et philosophe, amateur de silence et de couchers de soleil, un dilettante qui de temps en temps croquait une poule par désœuvrement. Jules en parlait comme d'un ami, et nous le soupçonnions de le fréquenter.

Armé de son éternel bâton, en mycologue averti, il désignait d'un geste autoritaire des champignons invisibles pour nous sur lesquels nous nous précipitions. Il y en avait toujours de nouveaux. Il nous apprenait à reconnaître les vénéneux, s'amusait à nous apprendre les noms scientifiques dont il appréciait l'étrange poésie. À la pause, assis en rond autour de lui, nous écoutions les chants d'oiseaux qu'il identifiait et commentait, ou bien il nous lisait une fable de La Fontaine. À vingt ans, il était parti à la guerre, la Grande, mais une maladie pulmonaire l'en avait ensuite éloigné. J'ignorais s'il avait connu la misère des tranchées, ces trous béants de la mémoire où meurt encore un passé, celui d'un autre siècle maintenant.

J'avais marché, marché, m'enfonçant dans une neige poudreuse et craquante, en compagnie de toutes ces voix, de tous ces visages. Le froid vif me donnait des ailes, malgré mes chaussures détrempées. La lumière commençait à faiblir lorsque j'avais entendu un klaxon de voiture, celle de la femme de l'agence que les aboiements enroués du chien accompagnaient.

Je l'avais oubliée…

Elle n'avait aimé ni le feu, ni mon escapade ni ma façon désinvolte de la faire attendre. Je lui avais annoncé que la maison ne me convenait pas. Elle avait insisté pour en savoir davantage. J'avais exposé mes griefs : une cheminée trop grande, un jardin trop petit. Enfin je regrettais que le bois ne fût pas un bois de chênes. Elle avait émis un rire nerveux, presque inquiétant, allumé une cigarette et claqué sa portière. Plus aucun mot n'avait été échangé pendant que nous traversions un paysage flottant, lunaire, que quelques lumières au loin cousaient au ciel, le piquetant d'étincelles qui dansaient comme des feux follets. Je m'étais peu à peu assoupie, comme lorsque enfants nous rentrions de la campagne, fourbus de fatigue, pris de cet engourdissement qui nous plongeait dans un sommeil magique. À notre arrivée en ville, elle m'avait conseillé de ne plus solliciter l'agence, mais le lendemain, je devais prendre un train, j'allais dans une autre région.

Kiruna est une petite ville au nord de la Suède, a dit Pasquier, alors que nous roulions depuis un moment. J'y ai vu une chose extraordinaire, un château de glace, entièrement taillé dans la glace, en plein hiver bien sûr, par un homme étonnant, un poète. Au printemps, tout allait fondre peu à peu pour disparaître tout à fait. Lorsqu'il m'expliquait la longue agonie de son œuvre, une agonie qu'il anticipait comme pour s'en consoler à l'avance ou au contraire pour justifier son entreprise, il me semblait soudain comprendre une chose qui jusque-là m'avait échappé, ou du moins à laquelle je n'accordais qu'une importance relative, la précarité de tout, la beauté du passage, de la fuite, du provisoire. J'avais beaucoup regretté de ne pouvoir assister à ce spectacle magnifique, le lent effacement de ce chef-d'œuvre fondant sous les premiers assauts du soleil… Voilà pourquoi éphémère. Maintenant je ne crois qu'en ce qui est provisoire. La vie me semble plus précieuse ainsi. Avant la rencontre avec cet homme je n'en avais pas pris réellement conscience, ce n'était qu'une idée un peu vague, un savoir désincarné, un… Vous comprenez ?

Il ne pouvait pas savoir à quel point je comprenais.

J'ai posé une question à propos de son théâtre, de ce qui justifiait qu'il le qualifiât d'éphémère. Était-ce le matériau dont il était fait ? Il m'a expliqué qu'il était en bois et conçu pour disparaître au moment des grandes marées, en fin d'été. Il me le montrerait quelques jours plus tard, lorsqu'il serait terminé. Mais, quelques jours plus tard je ne devais plus être là. Alors demain, a-t-il dit, je tâcherai de faire en sorte que vous puissiez l'imaginer abouti, mais il faudra aussi le regarder avec l'idée de son engloutissement dans les vagues. Il n'en sera que plus vrai.

Je lui ai demandé s'il comptait assister à cet engloutissement. Il s'est tourné vers moi. Qu'en pensez-vous ? m'a-t-il répondu.

Je pensais que j'avais posé une question idiote.

La Pinède était un endroit isolé, entre deux stations balnéaires. Nous nous sommes engagés sous les pins qui filtraient à peine la lumière tant le soleil forçait ce barrage avec violence. Une ligne incandescente se faufilait entre les arbres, au bout de la route. L'océan. Plus nous approchions, plus c'était lui qui paraissait courir vers nous.

La maison était presque sur la plage, protégée par une dune. Quelqu'un nous attendait. L'homme s'est levé et sembla étonné de me voir accompagnée. Il s'est approché et a ouvert ma portière. J'ai présenté Pasquier comme un ami dont j'attendais les conseils, ce qui n'a pas suscité l'enthousiasme.

Nous sommes entrés. Une pièce surplombait la plage. Deux immenses baies s'ouvraient sur une terrasse que le soleil inondait en se réverbérant sur les dalles blanches. Malgré le dénuement de cet espace, une impression d'intimité se dégageait, une sensation que j'avais déjà éprouvée dans d'autres lieux. L'esprit des murs ressemble parfois à un miroir imaginaire où vacille le reflet éteint du passé.

Il entre un océan de lumière ici ! me suis-je écriée. Pasquier s'est retourné en riant, il ne pensait pas croiser Hedda Gabler un jour, a-t-il dit, ajoutant qu'il ferait peut-être bien de se méfier ! Notre complicité exaspérait l'homme qui tentait d'attirer notre attention sur l'ingénieux agencement de la cuisine, alors que nous nous découvrions, Pasquier et moi, une même admiration pour le théâtre d'Ibsen.

Nous sommes sortis sur la terrasse. Accoudés à la rambarde, nous étions comme sur le pont d'un navire. C'était la dernière maison que je visitais, mais la première située en bord de mer. J'avais presque l'illusion du tangage, l'impression d'un départ en croisière. Des voiliers au loin ressemblaient à des mouettes vagabondes, les vagues venaient mourir sur le sable, avec ce bruissement délicat des bâtons de pluie africains.

Une autre question m'est venue à l'esprit concernant ce théâtre qu'il imaginait jusque dans sa disparition, mais je n'arrivais pas à la poser, je n'arrivais pas à trouver les mots justes pour exprimer à quel point cela me touchait, et combien je me sentais proche de cette démarche que ma propre quête semblait pourtant contredire. Mais je n'en étais pas si sûre.

Est-il concevable de construire quelque chose avec l'idée de son effacement ? ai-je dit dans un souffle en suivant le va-et-vient des vagues qui peu à peu progressaient et dont l'ourlet d'écume scintillait sous le soleil. Nos regards se sont croisés, le sien me fixait avec amusement et, comme je n'obtenais aucune réponse, j'ai répété ma question. Dois-je répondre tout de suite ou bien acceptez-vous d'attendre et de voir de vos yeux ce projet pour que je vous en parle de façon plus précise ? a-t-il dit avec un sourire. J'acceptai bien sûr. Il a seulement ajouté que c'était presque un travail de paysagiste, contraint par l'imprévisible et les caprices de la nature.

Que faites-vous, je veux dire que faites-vous dans la vie ? a-t-il demandé.

L'homme est venu nous chercher sur la terrasse, il y avait tout l'étage à visiter, deux chambres et une salle de bains dont la porte-fenêtre ouvrait sur un petit balcon, face à l'océan. Chaque chambre avait une cheminée et un vieux poêle en fonte. L'homme était loquace. Il a cru bon de nous conter quelques anecdotes sur de précédents propriétaires, nous affirmant que la maison avait abrité les amours illicites d'une star du cinéma avec un homme politique en vue, et qu'auparavant elle était la demeure d'un vieil officier de marine à la retraite, dont la vie scandaleuse avec un jeune homme avait entraîné la désapprobation des alentours, jusqu'à obliger le couple à quitter les lieux. En revanche, rien à dire sur les derniers résidents, un couple sans histoires, selon lui.

Je visite des maisons, ai-je murmuré, tandis que l'agent immobilier faisait pour lui seul un cours de plomberie dans la salle de bains. C'est un métier ? m'a glissé Pasquier à l'oreille. Une obsession, ai-je chuchoté.

Il a éclaté de rire. L'homme s'est interrompu et j'en ai profité pour lui demander s'il était possible de disposer de quelques heures pour apprivoiser les lieux, apprécier la lumière à différentes heures de la journée, comprendre la disposition des pièces, écouter le silence des murs. Son regard avait une expression de stupeur qui me rappelait certaines scènes dans des circonstances analogues. Puis, après un court instant et à mon grand étonnement, il s'est seulement inquiété de savoir comment récupérer les clés.

Si je reviens chercher madame dans l'après-midi, nous pourrions les déposer à votre agence, a proposé Pasquier. Je l'ai regardé, il m'a fait un signe que l'homme a surpris. C'est peut-être ce qui l'a décidé à accepter. Il lui a tendu sa carte de visite et les clés avec un sourire complice, avant de s'éclipser.

Nous étions seuls, maintenant. Pasquier tournait le dos à l'océan, j'étais adossée au mur, éblouie par la clarté qui inondait la pièce, et, dans le contre-jour, sa silhouette aux contours incertains se délitait dans l'éblouissement que diffusait le sol de marbre.

C'était en septembre, les grandes marées ramenaient les méduses qui flottaient sur l'eau comme des bulles. Ma mère et moi restions peu sur la plage, il fallait veiller sur mon père. Depuis notre arrivée, il traînait au lit des journées entières, dans une chambre où régnait une pénombre chargée d'une odeur de sueur et de maigre sommeil. Il refusait de se nourrir, ne se levait pas de la journée prétextant un vertige que les médecins n'attribuaient à aucune affection précise, et que ma mère estimait être une trouvaille pour nous gâcher les premières vacances à la mer qu'elle avait obtenues à force de chantages, d'opiniâtreté, et grâce à mon état convalescent. Izou lui tenait compagnie et nous lui avions installé sa litière et ses gamelles près du lit.

Lorsque nous revenions d'un bain rapide, ma mère et moi, la brise marine collait le sel sur notre peau, nous avions l'estomac creux et les membres rompus de fatigue après la lutte qu'il fallait engager contre les vagues. Nous entrions parfois dans une crêperie, et dévorions deux ou trois crêpes, sans parler, appréhendant chacune à sa façon la soirée qui s'annonçait dans cette villa sinistre, louée pour une dizaine de jours, mais dix jours qui ressemblaient à une éternité.

Le hâle donnait à ses traits une beauté sauvage. Elle ne faisait pas le chignon de la ville, elle laissait ses cheveux libres ou les ramassait d'un seul geste et les accrochait en pagaille avec un peigne qui renonçait à maintenir les mèches récalcitrantes.

Je passais de longs moments à étudier son corps que je découvrais. Les moindres détails, un grain de beauté, une vergeture sur la cuisse dont elle me tenait responsable puisque j'avais été un gros bébé et que sa peau avait souffert jusqu'à ma naissance, devenaient l'objet d'une attention parfois si insistante qu'elle s'en offusquait. Cette soudaine proximité sur la plage, allongées l'une à côté de l'autre, en maillot de bain, créait un rapport différent. Ce n'était pas de l'intimité, ni même de l'affection, mais une sorte de révélation pour moi. Ce corps et le mien avaient vécu une histoire longue de plusieurs mois, en étroite symbiose, dont il me semblait qu'il ne restait rien. Nous étions si étrangères l'une à l'autre que je n'arrivais pas à situer cette rupture dans le temps. Elle avait peut-être eu lieu au moment même où j'avais quitté ce ventre et où, en me mettant au monde, elle avait tout oublié de nous.

Je la regardais marcher sur le sable, avec le même mouvement des hanches que lorsqu'elle partait en ville, la même façon de se tenir un peu raide, un peu apprêtée. Je remarquais certains plis qui menaçaient sa silhouette. Ils me révélaient une fragilité que je n'avais jamais perçue auparavant, quelque chose qui la rendait émouvante. Parfois je cédais à la trop forte envie de toucher sa peau, je la frôlais d'un doigt timide. Elle sursautait, me jetait un drôle de regard et me demandait ce que je voulais. Comment expliquer ce que je voulais ? Je voulais que nous nous serrions l'une contre l'autre, très fort, sans un mot, que nous nous reconnaissions. Mais c'était impossible. Ces vaines tentatives ressemblaient aux appels désespérés de mon père, humiliants et douloureux. J'avais seulement le droit d'étaler l'ambre solaire sur son dos, je m'en acquittais avec appréhension, comme si ce contact pouvait m'entraîner dans des souvenirs d'avant le monde, d'avant les mots, dans la tiédeur et les ténèbres de sa chair.

Le dernier matin, mon père avait disparu, avec Izou. J'étais entrée dans sa chambre, il avait tout rangé, fait le lit, emporté ses vêtements. Sans doute était-il passé par la fenêtre puisqu'elle était ouverte. Je l'avais alors imaginé en train de l'enjamber comme un galopin avant de s'enfuir par le jardin, une valise à la main, sa chatte sous le bras. Cela m'avait plu, cette fugue qui mettait ma mère dans tous ses états, tout en le tenant à l'abri de ses foudres.

Elle avait retrouvé son visage habituel, cette expression dure, déterminée à en finir avec tout ce qui encombrait sa vie depuis trop longtemps, cet homme, mon père. Elle n'avait pu, dans un premier temps, s'empêcher de soupirer, Bon débarras, avant de s'apercevoir de ce qu'elle risquait être accusée de non-assistance à personne en danger si elle ne se manifestait pas. Elle avait alors décidé de signaler la disparition d'un malade dont la fuite pouvait aggraver l'état et m'avait alors envoyée seule à la plage pendant qu'elle irait faire son devoir, au commissariat de police.

J'avais fouillé partout dans la chambre de mon père, certaine qu'il s'était arrangé pour me mettre sur la piste d'un message, un message personnel, bien sûr, dont je ne parlerais à personne. J'avais tout retourné, soulevé le matelas, tiré chaque tiroir, regardé sous le lit, dans les pages d'un journal, mais il n'y avait rien. Il était parti sans penser à moi.

Ce matin-là, les vagues étaient encore plus hautes que les jours précédents et les méduses avaient maintenant envahi le sable où elles venaient s'échouer les unes après les autres. J'étais presque seule, le soleil commençait à peine à traverser la brume. Plusieurs chiens se poursuivaient, qu'une ribambelle de gamins excités interpellaient. La troupe allait et venait et se jetait parfois en chœur dans une vague qui la refoulait sur le sable où elle reprenait sa course endiablée, soulevée par des cris de joie.

J'aurais aimé me joindre à elle, mais je craignais de voir arriver ma mère et qu'elle ne me fît des remontrances devant tout le monde, parce que la situation ne m'autorisait pas à jouer sur la plage comme les autres enfants. Alors j'avais fermé les yeux et je m'étais laissé porter par le flux lancinant de l'eau, les rires et les aboiements, les images de mon père courant sur une route déserte, suivi par Izou.

Votre mère vous attend, avait dit une voix d'homme au-dessus de moi. J'avais ouvert les yeux, la silhouette à contre-jour était sombre et je ne distinguais pas les traits du visage.

Ma mère ? Où ?

Là-bas.

Une voiture était garée en bord de plage et je la distinguais à l'intérieur, elle me faisait un signe de la main. Je m'étais habillée à la hâte, j'avais suivi l'homme qui était entré dans la voiture et s'était mis au volant. Nos sacs étaient empilés sur le siège arrière, il nous accompagnait à la gare...

Je ne comprenais pas ce que nous faisions ma mère et moi dans cette voiture, avec lui. Mais peu à peu il m'avait semblé qu'ils se connaissaient. De temps à autre ma mère se tournait légèrement de son côté, il faisait de même. Ils ne se regardaient pas, mais dans ce mince vide qui les séparait, je sentais que les mots étaient inutiles. À deux ou trois reprises j'avais croisé les yeux de l'homme, dans le rétroviseur. Il m'ignorait. J'avais dit, Et papa ? en le fixant, Nous verrons ça à la maison, avait répondu ma mère à mi-voix.

À la gare, il lui avait tendu les deux sacs, rien n'existait autour d'eux, il gardait ses mains dans les siennes, puis il était parti sans me voir, sans demander le montant de la course. Je n'avais pas osé faire la remarque, quelque chose me disait qu'ils avaient sûrement de bonnes raisons. Avant d'entrer dans la gare, ma mère s'était retournée, moi aussi, mais la voiture avait déjà disparu.

Mon père était assis sur un banc, la valise à ses pieds, Izou sur les genoux. Il semblait paisible, reposé même. En l'apercevant ma mère s'était figée sur le quai et m'avait intimé l'ordre de rester à ses côtés. Elle me voulait toujours dans son camp. Mais j'avais couru jusqu'au banc et enlacé mon père. Sur son visage, un sourire crispé se transformait peu à peu en grimace.

Tout le monde observait la femme droite et immobile, belle et inatteignable qui fixait les rails en me répétant, sans me regarder, Viens ici, tout de suite. Je sentais un rire contenu secouer le corps de mon père. Izou protestait, trop d'agitation. Le train tardait à venir. Je ne bougeais pas et j'espérais que ma mère se déciderait à faire un geste et à venir enfin jusqu'à nous, que se dissipe la menace d'un drame en public. Mais elle gardait la pose et nous avons pouffé ensemble, mon père et moi, deux gamins pris de fou rire et défiant la loi.

Ce n'est pas la saison des méduses, ai-je dit. Pasquier allumait une cigarette. Il s'est approché de la terrasse, et s'est arrêté face à l'océan, une main en visière.

Je continuais de voir ma mère sur le quai de la gare. Elle avait enfin posé les sacs et nous ignorait, mon père et moi. Notre fou rire s'était calmé. Je m'étais levée pour la rejoindre, tenter de négocier une paix improbable. Mon père m'avait suivie, Izou sur l'épaule et valise en main. Il refoulait encore des sanglots de rire dans la gorge. Je lui serrais la main pour qu'il cesse, qu'il n'entrave pas mes tentatives diplomatiques. Je me tenais entre les deux avec l'envie de les pousser l'un contre l'autre, de les obliger à s'embrasser. Impossible dénouement. Plantés tous les trois sur ce quai, sans échanger un regard, étrangers les uns aux autres, corps tendus, nous nous étions peu à peu enfoncés dans un silence qui avait duré plusieurs jours et dans lequel avait sombré le mythe des vacances balnéaires, bientôt remplacé pour moi par quelques séjours dans des colonies dites sanitaires.

Allons tout de même voir, a répondu Pasquier à propos des méduses. Nous avons franchi la dune, et j'avais l'impression d'un passage clandestin de frontière, d'une évasion. Mon père, Izou et ma mère venaient de monter dans le train, et j'étais seule sur le quai, enfin libre. Pasquier et moi abordions une terre mouvante, où nos pieds s'enfonçaient dans le sable. Nous ressemblions peut-être à ces explorateurs de planètes lointaines. Il marchait à grands pas, ses sandales à la main. Il n'y avait personne pour suivre des yeux ce couple somme toute ordinaire, l'une tentant de suivre le rythme de l'autre sans y parvenir tout à fait. Le ronronnement de l'océan bourdonnait à nos oreilles. Je fermais les yeux, j'avais huit ans, je courais avec les autres dans les rochers où nous allions dénicher les étoiles de mer qui pourrissaient dans nos sacs, les chapeaux chinois que nous gobions en cachette des monitrices et les os de seiche que nous sculptions pour en faire d'épouvantables bibelots vendus à la kermesse.

Pasquier prenait de plus en plus d'avance et sa silhouette tremblait dans la chaleur, s'estompait dans la réverbération qui par moments le rendait presque transparent. S'il entre dans l'eau, il viendra me chercher, me suis-je dit, s'il n'y entre pas il ment et je devrai me débrouiller pour rentrer à l'auberge. Il continuait d'avancer comme s'il était seul sur cette plage. Je me suis arrêtée et j'ai voulu compliquer mon pari, pour être sûre. S'il entre dans l'eau et s'il se retourne, il viendra me chercher. Je n'avais aucune idée de ce que je désirais à propos de ce qui pourrait arriver entre lui et moi, mais sa présence me semblait rassurante, comme si pour une fois je n'aurais pas à prendre une décision seule. J'en oubliais que de toute façon il n'était pas question d'acheter cette maison.

Il est entré dans l'eau et il s'est retourné. Aucune méduse ! a-t-il crié, ce n'est pas le moment, je m'en doutais, il faut attendre les grandes marées, vous aviez raison. Je viendrai vous chercher vers dix-sept heures, cela vous convient-il ? Il a enfilé ses sandales avant même que j'aie eu le temps de répondre, et s'est dirigé vers sa voiture en courant. J'ai crié, À tout à l'heure, mais ma voix s'est perdue dans l'air chaud et de loin je l'ai vu s'installer au volant, passer une main par la vitre, l'agiter et faire demi-tour, puis disparaître dans la pinède.

J'ai marché dans l'eau un long moment. La plage était toujours aussi déserte. Je me suis déshabillée et j'ai plongé tête la première dans une vague. En me redressant, j'ai vu la maison, ouverte, comme si elle était mienne et qu'elle m'attendait. J'ai couru jusqu'à la dune, suis entrée par la terrasse. Elle n'était plus la même que lorsque nous l'arpentions Pasquier et moi, hilares, aux basques de l'agent immobilier. Je ne voyais alors que la lumière éblouissante dans laquelle tout devenait irréel mais possible. C'était différent, maintenant.

J'ai fait plusieurs fois un tour complet des pièces, au rez-de-chaussée, à l'étage. Je n'expliquais pas ce changement, à moins que le retour prévu de Pasquier, dans quelques heures, n'ait brusquement bouleversé quelque chose. D'ailleurs il avait gardé la clé. J'étais une sorte de prisonnière. Quelle idée !

Attendre un homme dans une maison remontait à quelques mois, au temps du jardin de banlieue, de la chambre blanche aux stores toujours baissés, de l'andante de Novacek, des travaux en instance dans un grenier, des balades le long de la Marne, des œuvres complètes de Bove achetées dans une brocante et de la relecture de *Mes amis* à petites gorgées, pour ne pas finir trop vite. C'était aussi le temps d'un monologue sur une scène de théâtre, racontant la vie manquée d'un jeune homme abusé par le nazisme naissant. Le visage bientôt familier du comédien qu'une lumière crue sortait de l'ombre exprimait une douleur insaisissable que le texte creusait, et qui m'emportait loin dans le désordre de mon enfance, mais aussi le chaos de la sienne dont j'ignorais tout alors, une autre sorte de guerre. Il devait savoir de quoi il parlait en prononçant les mots de l'auteur autrichien mort avant que n'adviennent ses prémonitions. Ne faut-il pas sans cesse convertir sa douleur, la forcer à parler d'autre chose que d'elle pour la rendre supportable ?

J'ai ouvert mon sac pour prendre la montre de mon père. Lorsque j'étais enfant, il avait l'habitude de la poser sur la cheminée de la salle à manger, chaque soir. Il la quittait en revenant de son bureau ou de ses tournées dans la campagne. Le mécanisme résonnait sur le marbre et m'intriguait. Je lui tendais les bras. Il me soulevait, j'approchais mon oreille du cadran et les battements entraient en moi, résonnaient dans tout mon corps.

Depuis que je l'avais retrouvée au fond d'un tiroir, je la contraignais à l'immobilité et au silence, mais elle se vengeait et me précipitait parfois dans des abîmes. Le passé, même lointain, est toujours tapi quelque part, prêt à bondir.

Ma mère déménageait pour la dernière fois. Je passais dans toutes les pièces pour vérifier que chaque meuble avait bien été débarrassé du fouillis qu'elle y entassait au fil des ans, d'un endroit à un autre. La commode était presque vide, sauf une boîte dans un tiroir. J'avais ouvert la boîte, une petite boîte blanche, de celles qui d'ordinaire servent à accumuler quelques vieux boutons dépareillés, quelques bobines de fil emmêlé. Mais à l'intérieur de celle-ci, il y avait mon père : les lunettes à monture noire, un plan de maison griffonné, un récépissé de banque, sa montre, un porte-monnaie, son certificat de démobilisation, et le câblogramme qui lui avait été adressé à Beyrouth : « Fille, tout bien », signé Muller. Je n'avais jamais entendu parler de ce Muller.

D'un geste machinal, j'avais mis la montre en marche. Le tic-tac avait surgi avec une violence inattendue. J'avais cru ne pas survivre à ce bruit presque imperceptible, cette course inexorable de la petite trotteuse qui me donnait le vertige. Trente ans après sa mort, mon père me quittait de nouveau. La douleur était entrée en moi d'un seul coup.

J'avais abandonné les lunettes, pris les papiers et la montre sans le dire à ma mère, avant de partir comme une voleuse. Oui, comme une voleuse, courant dans la rue, au milieu de la rue, évitant les voitures qui venaient sur moi. Certains conducteurs me désignaient rageusement le trottoir, je ne répondais pas. Je ne savais plus où se trouvait la station de bus, je tournais en rond dans le quartier, puis j'étais entrée dans la boutique d'un horloger pour demander s'il était possible d'arrêter le mécanisme d'une montre. L'homme à qui j'avais posé cette question saugrenue avait éclaté de rire, disant qu'en général on venait le trouver pour l'inverse, parce qu'une montre ne marchait plus. C'est comme le temps, chère madame, il faut qu'il passe, il n'y a rien à faire, seulement attendre qu'elle s'arrête... J'avais claqué la porte.

Que savait-il du temps ? De toute évidence nous ne parlions pas du même. Il ignorait que chaque soir, mon père arrivait à la même heure. J'entendais le ronflement de la moto, une Terrot noire. Elle soupirait en bas de notre petit immeuble, je courais à la fenêtre, écartais les géraniums pour le voir lever la tête et me chercher du regard. Il montait à l'étage, ouvrait la porte qui donnait directement sur la cuisine, me prenait dans ses bras, me portait jusque dans la rue, jusqu'à la moto, me posait sur le siège. Ma mère, penchée au-dessus des jardinières, criait, Attention ! Il s'asseyait derrière moi et je me blottissais contre lui.

Nous descendions la rue en pente qui menait au garage, à cheval sur la moto. Elle vibrait sous nos corps. J'étais encerclée par les bras de mon père et je respirais une odeur de tabac et de terre. Nous roulions doucement, très doucement. Le trajet était court, mais j'avais tout de même l'impression d'un grand voyage. Je fermais les yeux, nous divaguions dans un monde moelleux, intime, secret. Le rendez-vous du soir m'habitait pendant toute la journée, je demandais sans cesse l'heure à ma mère, je guettais les bruits de moteurs, les pas dans les escaliers. Je l'attendais.

Je n'avais aucun souvenir des retours, il n'y avait peut-être pas de retour, rien que ces instants légers, ces envols incertains, lovée contre cet inconnu qui était arrivé un jour chez nous, revenant d'un autre monde, et qu'il avait fallu appeler papa. Il ne parlait pas, ou très peu. Ma mère semblait dérangée par ce chamboulement de la vie à laquelle elle s'était faite sans lui. Quelque chose d'étrange avait transformé l'appartement, comme si sa présence provoquait un danger confus, à cause de ce mot, guerre, et puis aussi boche, les Boches, les Fritz, les Fridolins, d'autres encore que j'avais voulu oublier, plus tard. C'était comme si un vent mauvais s'était engouffré avec lui, le jour où il était apparu à la porte, laissant ma mère muette et raide au milieu de la cuisine. Je ne me souvenais pas de les avoir vus se jeter dans les bras l'un de l'autre. La nuit, j'entendais son souffle envahir la chambre. Peu à peu, je m'étais laissé bercer par ce nouveau bruit familier en fixant le ciel d'où tomberaient bientôt des oiseaux de mort.

Avant de passer à table, il déposait sa montre sur la cheminée de la salle à manger, puis se frottait le poignet pour le délasser. Il me soulevait et je me penchais pour mettre l'oreille contre le cadran. Le petit cœur battait, j'étais fascinée par cette vie mystérieuse. Je l'écoutais avec ferveur, avec appréhension, redoutant l'instant où brusquement il s'arrêterait, sans savoir quel sens donner à ce drame. D'ailleurs je ne pouvais pas en donner, du moins pas de façon consciente, mais j'avais cette sorte d'intuition qu'ont les enfants de la gravité des choses que les adultes croient leur cacher.

Après le bombardement de la gare, mon père nous avait emmenées, ma mère et moi, dans la ferme d'un paysan ami qui avait bien voulu nous garder à l'abri du danger. Nous étions installées dans une maisonnette attenante à la ferme et modestement meublée, juste le nécessaire : une table et quatre chaises, un grand lit, un petit, une cuisinière à bois, une vaisselle rudimentaire entassée sur un buffet. L'évier était en pierre ainsi que le sol. C'était un endroit sombre et humide. La nuit, je me réfugiais souvent dans le lit de ma mère. L'obscurité silencieuse qui nous entourait m'empêchait de dormir, ou bien c'était la montre de mon père qui courait comme une folle dans ce temps qui n'en finissait pas. J'étais hantée par la scène de la cave, par ces images de la maison effondrée, près de la gare.

Mon père venait chaque dimanche, un aller et retour. Je ne sais plus s'il dormait avec ma mère. Je crois qu'il ne restait que quelques heures. Il m'avait laissé sa montre pour que je pense à lui. Elle était posée sur le tabouret près de mon lit. De temps en temps, pendant la journée, je rapprochais mon oreille du cadran et la légère palpitation du mécanisme me rassurait. La nuit, au contraire, elle me précipitait dans le vide, elle résonnait entre ces murs comme les pas des patrouilles allemandes qui sillonnaient la ville, à l'heure du couvre-feu.

Je passais des journées entières à suivre les fermiers dans leurs divers travaux, donnais l'herbe aux lapins, regardais traire les vaches, séparer la crème du lait, faire le beurre. Parfois le fermier me hissait sur le dos de son cheval de trait et nous tournions autour de la maison. La fermière apportait souvent des légumes à ma mère qui elle ne sortait guère, écoutait la radio à longueur de journée, le soir aussi. Je connaissais par cœur toutes les chansons à la mode. Le dimanche, quand mon père venait, nous allions boire le café à la ferme, la fermière me gâtait. Souvent, nous faisions une grande promenade, le fermier, ses deux chiens, mon père et moi. Avant de repartir à la ville, il actionnait le remontoir de la montre avec ses gros doigts, me mettait le cadran contre l'oreille en me demandant de penser à lui. Il n'oublia jamais ce petit cérémonial, sauf une fois. Une seule fois.

Cela ne m'arrivait jamais à moi non plus de ne pas l'avoir dans mon sac. Elle me suivait partout depuis la boîte blanche au fond d'un tiroir. Il était là de nouveau, et j'avais des choses à lui dire.

Trois lignes claires, trois horizons se superposaient dans l'encadrement de la baie : l'océan, le sable, la rambarde de la terrasse. Assise sur les dalles du salon, dos au mur, je contemplais ce paysage abstrait animé par l'incessant mouvement des vagues qui crachaient une brume blanche engloutie tout aussitôt par le ressac.

J'avais oublié la montre, mais de toute façon rien ne se passait comme d'habitude. Pasquier devait revenir me chercher dans quelques heures, et cela ne m'était jamais arrivé d'avoir un compagnon de visite, qui plus est à ce point dévoué. Sans doute avais-je oublié la montre pour cette raison.

Des silhouettes apparaissaient çà et là sur la plage. L'une d'elles retenait mon attention depuis un moment, un homme, debout, tournant le dos à l'océan, bras le long du corps, vêtu me semblait-il d'un long peignoir sombre. Il me faisait penser à un autre homme, sur une scène, dans la même attitude, en costume militaire, sous la lumière crue d'un projecteur qui donnait à son visage une pâleur de fantôme. Il prononçait des mots que sa gorge retenait parfois, et avec dans la voix l'ombre intime d'un passé qui n'était pas le sien mais qu'il portait avec émotion, une émotion qui, peu à peu, submergeait la salle.

> *Dans le miroir brûle une ville, en avant soldats de la dictature...*
>
> *J'ai trois ans, pas plus... la fenêtre est trop haute et je ne peux regarder dehors que si quelqu'un me soulève...*
>
> *Il fait froid, c'est mon premier souvenir...*

Certaines phrases étaient encore intactes dans ma mémoire. Elles m'avaient bouleversée, avaient débusqué de vieilles images.

Après plusieurs représentations auxquelles j'assistais assidûment, un autre soldat m'était apparu, celui de la cave, celui qui tenait la voisine de l'étage du dessus dans ses bras, que certains voulaient jeter sous les bombes. J'avais alors quatre ans, c'était un de mes premiers souvenirs, et je ne savais pas, je ne saurais jamais ce qu'il était devenu, ce soldat-là, dans quelle détresse il avait peut-être tenté de vivre, s'il lui arrivait de se revoir dans l'obscurité de la cave, se réchauffant de ce corps apeuré qu'il serrait contre lui. Tout comme mon père, il me revenait d'un temps lointain. M'avaient-ils jamais quittée, l'un et l'autre ?

Tandis que l'homme se tournait face à l'océan, laissait tomber son peignoir sur le sable et courait dans les vagues, je continuais de penser à mes deux soldats qui ne faisaient qu'un sur la scène, comme en surimpression. Je pensais alors à mon père, à la gare réduite en poussière, à la maison qui s'était effondrée sous nos yeux. Un bruit sourd, des craquements sinistres, une fumée dense. Elle avait laissé sur nos peaux une poudre fine et noire. Les murs déchirés avaient encore la force de tenir une porte, un pan de cheminée. Des escaliers montaient au milieu des gravats, pour aller nulle part, dans le silence qui paralysait la ville. Les images s'embrouillaient sur cet écran marin dans lequel continuait de s'ébattre la silhouette au loin, et des bribes du monologue me revenaient :

> *Je désespérais de savoir ce que je pourrais faire de ma jeune existence. Le monde était tellement vide de perspectives, et l'avenir si mort…*

L'homme est enfin sorti de l'eau, s'est arrêté soudain, semblant regarder en direction de la maison. Peut-être avait-il l'habitude de la voir fermée, la baie grande ouverte l'intriguait. Je ne m'en suis pas préoccupée sur le moment, mais il paraissait s'approcher tout en se séchant avec son peignoir. J'aurais pu me lever et tout refermer, mais je pensais qu'il n'oserait tout de même pas venir jusque sur la terrasse. Je me trompais.

Il avait de nouveau enfilé son peignoir, était pieds nus, très à l'aise et même souriant. Vous êtes la nouvelle propriétaire ? Je ne sais pas encore, ai-je répondu. Ah ? Il s'étonnait sûrement de me voir ainsi vautrée par terre, comme chez moi. J'ai la journée pour prendre une décision, ai-je précisé. Ah oui ? Je connaissais très bien les anciens propriétaires, nous nous fréquentions, je venais souvent chez eux et vice versa, des Alsaciens. Je sais, l'ai-je coupé. Il jetait un regard circulaire, faisait quelques pas, revenait. Et alors ? C'est plutôt oui ou plutôt non ? a-t-il demandé dans un grand sourire. Encore trop tôt, ai-je bredouillé. Je vais vous montrer quelque chose, a-t-il dit en me tendant une main pour m'aider à me relever.

Je l'ai suivi à l'étage. Il s'est approché d'une fenêtre, a poussé l'un des volets en me faisant signe de le rejoindre. Nous sommes restés un instant silencieux à regarder l'océan aller et venir en douceur, puis, tout en gardant les yeux fixés au loin, il s'est mis à parler avec une voix différente, presque confidentielle.

Tout ce que vous voyez ici m'appartient, tout. Cela m'appartient d'une façon que personne ne pourra m'enlever, jamais. Cette maison aussi m'appartient. Dans chaque pièce me reviennent des images d'un tel bonheur qu'elle est à moi quoi qu'il advienne. Il faut que vous le sachiez, a-t-il murmuré…

Je ne répondais rien, je ne comprenais pas de quoi il me parlait et je me demandais même si je n'avais pas affaire à un fou. Mais il s'est éloigné de la fenêtre et a poursuivi :

Ils sont partis à cause de moi. À cause d'Élise aussi, enfin je suppose… Je l'aimais, je l'aimais tellement qu'ils ont dû s'en apercevoir. Ils étaient mariés depuis peu, étaient heureux, si heureux. Peut-être que j'aimais aussi leur bonheur, vous comprenez ? Oui, je crois que j'aimais autant leur bonheur qu'Élise toute seule. Au fond c'était la même chose, le bonheur et Élise… La première fois que je les ai vus, ils emménageaient. De loin je les voyais peiner avec les cartons et les meubles. Je leur avais proposé mes services. Voilà comment tout a commencé. Ensuite, je leur ai fait connaître les alentours, et peu à peu nous ne nous sommes plus quittés… Il partait souvent plusieurs jours, pour son travail, et me confiait Élise. Je passais chaque matin et chaque soir m'assurer que tout allait bien. Au début je restais quelques minutes seulement, mais les minutes se sont transformées en heures. À la fin, je restais toute la nuit, je dormais en bas, sur le canapé et elle dans cette chambre. Il m'arrivait de monter et de rester derrière la porte pour l'entendre respirer, puis je retournais sur mon canapé, heureux.

Élise… Un matin il est arrivé plus tôt que prévu, j'étais encore là. J'ai ouvert un œil, il était debout devant moi, pâle, et il m'a montré la porte, sans dire un mot. Je suis parti. J'espérais qu'il viendrait chez moi pour parler, qu'elle me ferait signe elle aussi. Rien. Quand j'ai découvert le panneau À vendre, ils avaient déjà déménagé…

J'attendais qu'il poursuive son récit, mais il s'est dirigé vers l'escalier. Je l'ai entendu toussoter au rez-de-chaussée. Je ne vous demande qu'une chose, a-t-il dit d'une voix hésitante, n'installez pas votre chambre dans celle-ci, prenez plutôt l'autre, celle qui est au bout du couloir, ce sera plus facile pour moi. J'ai dit, Oui bien sûr. Il n'a rien ajouté.

Pourquoi ne pas avoir avoué que je n'étais qu'une visiteuse, rien qu'une visiteuse ? Après son départ, j'ai attendu de voir s'il revenait ou non sur la plage, mais il n'est pas reparu. Je suis allée au bout du couloir. L'autre chambre donnait sur la pinède. Les volets étaient ouverts. Je me suis mise à la fenêtre, il était là. Il tenait la portière de sa voiture et semblait jeter un dernier regard à la maison. Il n'avait plus son peignoir, il avait revêtu un short et une chemise. Il m'a aperçue. Il est entré dans sa voiture, s'est penché pour me dire, J'ai confiance en vous, avant de mettre le moteur en marche. Je crois qu'il pleurait. J'ai fait un geste pour lui dire que je n'avais jamais eu l'intention d'acheter cette maison, mais il s'éloignait déjà. Alors, j'ai tiré les volets et refermé la chambre. Il me restait deux heures à attendre, j'ai décidé de faire une sieste pour compenser ma nuit agitée.

Installée à l'ombre des pins, j'ai somnolé longtemps en pensant que cette maison me réservait bien des surprises, et je me demandais s'il y en aurait d'autres. Si j'avais eu l'envie et les moyens de l'acquérir, l'intrusion de cet homme m'aurait fort dérangée, et peut-être même dissuadée. Il avait raison d'affirmer qu'elle lui appartenait de la façon la plus forte qui soit. D'ailleurs, oserais-je y entrer de nouveau ? Je n'en étais pas sûre. La présence d'Élise se révélait trop envahissante et sans doute n'était-elle pas près de quitter les lieux. Les futurs propriétaires devraient s'en accommoder. Peut-être même que mon visiteur négligerait de les mettre en garde, et qu'ils auraient à résoudre seuls le mystère toujours bouleversant des lieux habités par des êtres disparus.

Je comptais bien entretenir Pasquier de tout cela. Il aurait, en spécialiste de l'éphémère, un avis pertinent à me soumettre et nous laisserions vagabonder notre imagination sur le chemin du retour. Bien entendu nous ne dirions rien à l'agent immobilier qui, mis au courant, ne se priverait pas d'ajouter cette histoire à celles qu'il nous avait déjà confiées.

La plage était maintenant une sorte de fourmilière. Les voix, que l'océan recouvrait de ses bruissements, se mêlaient aux cris des mouettes et finissaient par me bercer, me guider jusqu'à la lisière du sommeil. Mais soudain je me redressais en sursaut, je ne savais plus où je me trouvais, je ne reconnaissais rien du paysage qui me perdait dans le temps. Puis tout se calmait en moi, je m'assoupissais de nouveau et, dans mes rêveries, Pasquier allongé sur la plage prétendait avoir croisé Élise.

Une brusque agitation m'a réveillée. Quelques familles arrivaient, d'autres repartaient, dans un désordre coloré de bouées, de maillots de bain fluorescents, de parasols, de serviettes et de chapeaux. Il était un peu plus de dix-sept heures. J'ai cherché des yeux la voiture de Pasquier qui me guettait peut-être quelque part. Je ne la voyais pas. Il n'y avait pas de quoi s'inquiéter, j'avais même le temps de reprendre un bain. Je me suis levée et j'ai couru jusqu'à l'eau où une foule bruyante s'en donnait à cœur joie, se lançait des ballons, s'éclaboussait, s'interpellait avec une telle ardeur que je suis restée figée dans mon élan. Je me suis retournée au cas où Pasquier arriverait, pour lui faire signe. Mais il ne se passait pas grand-chose dans la pinède, et il était déjà 17 h 30. Il n'y avait toujours pas de quoi s'inquiéter, il pouvait avoir eu un problème de dernière minute, une imprévisible difficulté, de celles auxquelles il avait fait allusion en expliquant quel combat il fallait mener contre une nature capricieuse.

J'aurais pu retourner un moment dans la maison, mais Élise m'en empêchait et je préférais guetter le chemin désert qui serpentait entre les pins. À force de le scruter, ma vue se brouillait, se perdait dans la chaleur qui voilait le sommet des arbres. Des bicyclettes allaient et venaient avec la légèreté de libellules. Il n'y avait pas de quoi s'inquiéter, mais je me suis mise à l'attendre.

L'ATTENTE

Mon père n'avait aucun goût particulier pour la musique, mais la musique m'avait toujours parlé de lui, du moins celle dont la mélancolie m'évoquait la sienne, constante, s'aggravant même au fil du temps. Cependant, j'avais le souvenir de ce jour où je l'avais vu rire alors qu'il était déjà malade. Au milieu de la rue Saint-Luc, il riait aux éclats face à un homme qui parlait en faisant des gestes désordonnés. Tous deux pouffaient en chœur. Cette scène était à ce point insolite que je m'étais approchée en m'efforçant de ne pas être découverte. À vrai dire, ce n'était pas vraiment mon père que j'observais, je ne le reconnaissais pas. Il ne riait jamais, d'habitude. Malgré son dos déjà un peu voûté et l'embonpoint que provoquaient les médicaments, il avait ce matin-là une allure de vieil étudiant dégingandé. C'était un autre homme, mais je savais si peu de chose de lui.

De temps en temps, je le voyais se prendre la tête dans les mains comme pour retenir l'étrange exubérance qui l'envahissait soudain. Il tapait sur l'épaule de son interlocuteur de plus en plus volubile, reculait et le considérait avec étonnement. Les passants se retournaient sur eux et affichaient un sourire amusé en poursuivant leur chemin. Une femme s'était arrêtée, sans doute pour demander des indications à mon père. Il les lui avait données tout en continuant de rire aux propos de l'homme qui ne s'était pas interrompu.

J'avais le sentiment de le surprendre dans son intimité, un monde où je n'avais jamais accès. C'était un immense cadeau du hasard, qui pourtant provoquait en moi émotion et désarroi. Je réalisais à quel point nous étions étrangers et me demandais si toute la vie suffirait à combler ce manque. Chaque éclat de rire me mettait les larmes aux yeux. Peut-être aurait-il aimé me surprendre à son tour et savoir que je l'avais vu ainsi, abandonné à lui-même.

Ils s'étaient séparés en se serrant la main. Mon père s'était engagé dans une rue voisine, tandis que l'autre venait dans ma direction. Je n'avais jamais croisé auparavant ce petit monsieur à la mine terne. Personne ne franchissait le seuil de notre maison. Nous vivions dans une sorte de clandestinité légale, celle d'une famille repliée sur elle, sur ses turbulences, ses batailles intestines.

Le soir, au dîner, mon père avait seulement dit, Ce matin j'ai rencontré Belloq. La nouvelle n'avait pas semblé bouleverser ma mère et je notai que ce n'était pas la première fois que j'entendais ce nom. Le cliquetis des fourchettes, comme autant de points de suspension sonores, avait survolé la table jusqu'au dessert et là, mon père avait ajouté d'une voix refoulant un fou rire qui peut-être l'habitait depuis l'entrevue avec Belloq, Il vient de quitter sa femme. Ma mère s'était levée brusquement, son couteau était tombé sur le carrelage avec un bruit strident. Elle avait toisé mon père et déclaré d'un ton solennel, Ne me parle plus jamais de cette andouille ! Ce n'était pas son vocabulaire habituel. Même au plus aigu de ses fureurs, elle gardait un langage dont elle revendiquait, sinon la plus absolue rigueur grammaticale, du moins une certaine tenue.

Mais le Belloq en question, qu'apparemment elle connaissait, donnait à mon père une audace suicidaire, et je voyais encore sur son visage les traits joyeux du collégien en goguette de la rue Saint-Luc. Tu n'as pas toujours dit ça, avait-il marmonné dans son assiette. Ma mère, qui farfouillait dans l'évier, avait marqué un temps, s'était retournée et avait jeté par terre plusieurs assiettes les unes après les autres. Belloq ne m'avait pas paru être à la hauteur d'un tel excès. J'avais quinze ans. Je m'interrogeais beaucoup sur ce qui obligeait un homme et une femme à regagner chaque soir le même lit, et j'approuvais la décision de mes parents de faire chambre à part, décision qui devait remonter aux origines car je n'avais pas de souvenirs d'un lit conjugal dans lequel, paraît-il, les enfants viennent séparer les parents enlacés, le dimanche matin. Mon père dormait dans un réduit transformé en alcôve qu'il partageait avec Izou, et ma mère avait gardé la jouissance de la chambre en palissandre, dans laquelle nous n'avions, ni mon père ni moi, le droit d'entrer. Elle en sortait toujours peignée et drapée dans son élégance, si bien qu'on pouvait se demander si elle y dormait, si elle savait se lover dans les couvertures et les édredons, s'enfouir dans un oreiller, se livrer tout entière à la nuit.

Mon père, qui décidément avançait courageusement sur les bords escarpés d'une falaise en à-pic, avait encore ajouté deux mots, mais avec une voix si sourde que ni ma mère ni moi n'avions pu les entendre. Je cherchais en vain son regard, il fixait son assiette avec un étrange sourire qui, je le sentais, exaspérait ma mère. Elle s'était plantée devant lui et lui intimait l'ordre de répéter, mais il n'en faisait rien. Puis il avait relevé la tête et son visage m'était apparu d'une grande douceur. J'aime beaucoup Belloq malgré tout, avait-il dit avec calme, il a du cœur. Ces mots avaient atteint ma mère, elle s'était mise à tanguer dans la cuisine. Dans un silence inquiétant, mon père enfonçait le clou, très calmement, Il a du cœur, articulait-il avec insistance. Ma mère s'était ressaisie. Elle se tenait au mur, livide, avait ouvert la porte et l'avait claquée derrière elle, en guise de dernier mot. L'idée du désordre dans leur couple ne m'avait pas quittée depuis la plage du Croisic.

Je n'avais plus jamais retrouvé ce visage épanoui, cette légèreté fragile de mon père, dont je gardais un souvenir si fort. Il faisait beau rue

Saint-Luc ce matin-là. J'allais au lycée, j'étais dans cette sorte d'incertitude permanente, cette inquiétude, ce questionnement sur le sens de la vie qui hantent l'adolescence. Je savais, sans qu'on me l'ait dit vraiment, qu'il était perdu, que la maladie ne lui ferait aucun cadeau et que par conséquent les instants de bonheur étaient autant de revanches prises, même si elles étaient vaines. Et si le bonheur m'était alors incompréhensible, j'en avais approché plus tard toute la subtile cruauté, cette ambivalence des choses qui nous fait si souvent douter.

Chaque fois qu'il m'était arrivé de passer dans la rue Saint-Luc, longtemps après, le rire de mon père retentissait encore et me donnait des frissons. Faisait-il vraiment beau, ce jour-là ? En tout cas, pour la première fois je le voyais différent, détendu, presque radieux. J'ignorais pourquoi ils riaient ainsi, Belloq et lui, c'était sans importance, tout me paraissait si juste dans le moment, il bravait la mort qu'il savait proche.

Lorsqu'il était assis sur le banc de la gare, au Croisic, des années auparavant, avait-il deviné qu'un homme s'éloignait en voiture en pensant à ma mère ? Le rire contenu qui le secouait et dérangeait Izou annonçait celui de la rue Saint-Luc. La vie sait des choses qui ne sont pas encore arrivées.

La plage se dépeuplait peu à peu. De loin, la villa m'évoquait quelque chose, je ne savais quoi exactement. Plusieurs enfants refusaient d'abandonner ce qu'ils avaient bâti contre les assauts des vagues, et tentaient d'endiguer le lent affaissement de leurs châteaux que la nuit ensevelirait. Au loin, je distinguais les carrelets dont les filets semblaient avoir été jetés à l'eau. J'imaginais que Pasquier s'était inspiré de ces frêles cabanes en bois montées sur pilotis pour son théâtre éphémère. Et puisque je pensais à lui de nouveau, je lui concédai une demi-heure, pas plus, après quoi j'irais à pied jusqu'à une cabine téléphonique pour prévenir l'agence de ce contretemps. Mais y avait-il seulement une cabine téléphonique ? Je me souvenais de la jeune fille de l'auberge, Il n'y a rien à La Pinède. Elle n'avait pas tout à fait tort.

Je marchais à grands pas, m'arrêtant près des enfants qui ne me prêtaient aucune attention, trop absorbés par leur inutile vigilance. Parfois je ramassais un de ces petits galets qui soudain s'imposent au regard et qui une fois dans la main n'ont plus rien qui vaille la peine. Je me suis assise près d'une fillette. Elle creusait un trou dans lequel son bras s'enfilait jusqu'à l'épaule. Elle ne m'a pas tout de suite remarquée et lorsque ce fut le cas, elle s'est arrêtée et m'a dit, Je vais de l'autre côté, c'est très loin. Alors je lui ai demandé pourquoi elle voulait y aller puisque c'était si loin. Elle m'a regardée un court instant, n'a rien répondu et s'est remise à la tâche. Comment t'appelles-tu ? Élise, a-t-elle répondu sans cesser de creuser et en poussant des petits soupirs. Je n'ai pu m'empêcher de dire, C'est vrai ? Elle s'est tournée vers moi et ses grands yeux clairs m'ont fixée. Elle avait un visage d'une étonnante gravité. Je lui ai souri pour me faire pardonner, et j'ai dit, Moi c'est Anne.

Nous sommes restées un long moment silencieuses. Je me retournais de temps à autre, et j'essayais de deviner quel adulte accompagnait Élise. Je ne croisais aucun regard concerné, alentour. Elle poursuivait son patient labeur avec entrain, murmurait pour elle seule des mots inaudibles qui semblaient stimuler son énergie. J'étais émue par la grâce de son corps si frêle et tout entier engagé dans le moindre mouvement. Je me souvenais de certains de mes projets d'enfant, ces merveilleux désirs qui se dissipent dans le temps, et aussi de longs moments de solitude sur une plage où les méduses venaient s'échouer et où je perdais sans cesse ma mère.

Elle a soudain poussé un cri, Il y a une autre mer dessous ! Il y a une autre mer dessous ! Elle s'est élancée en direction d'un couple assis à une dizaine de mètres en répétant toujours la même phrase. L'homme l'a prise dans ses bras en riant et lui a parlé à l'oreille. Elle restait immobile et perplexe, le monde devait lui paraître beaucoup plus compliqué qu'elle ne le pensait. La femme allongée sur le ventre ne bougeait pas. Je me suis levée, j'ai fait quelques pas et en me retournant j'ai vu Élise qui me suivait des yeux, nous nous sommes fait un petit signe de la main. Puis elle s'est abandonnée contre son père, en perdant son regard dans le mouvement des vagues qui peu à peu s'approchaient de son tunnel.

Les filets étaient à l'eau et un homme s'apprêtait à en relever un. Il était monté dans une des cabanes et j'ai failli l'interpeller pour qu'il m'autorise à le rejoindre. J'ai suivi tous ses gestes, aperçu les crevettes captives qu'il recueillait pour les mettre dans des bacs. Puis il est allé accomplir le même rituel dans les autres carrelets. Les bacs s'entassaient en colonne sur le sable. Le ciel et l'océan se confondaient presque. L'homme m'a aperçue, il est venu m'offrir une poignée de crevettes transparentes que je ne pouvais refuser. Il regarda la villa et dit, Tiens, elle est de nouveau habitée. Non, ai-je répondu, je la visite, j'ai la journée pour réfléchir. À votre place, je laisserais tomber, tout finit toujours mal dans cette maison. J'ai rétorqué que je n'avais jamais eu l'intention de l'acheter, il a souri et m'a tendu une seconde poignée de crevettes, puis il est parti. Je pensais que la patronne de l'auberge accepterait de les faire cuire pour Pasquier et moi. Sans doute dînerions-nous dans la cour, et je lui demanderais si son théâtre était une sorte de carrelet gigantesque perché au-dessus de l'eau, s'il allait capturer son public comme on pêche les crevettes.

Nous reparlerions d'Ibsen, j'évoquerais peut-être le soldat d'Horváth et pourquoi pas aussi celui de la cave, que le livre emprunté sur sa table de nuit avait soudain mis en lumière, faisant ainsi réapparaître la silhouette sur scène, qui ne me quittait pas. Élise viendrait se glisser entre nous, celle de la chambre où l'homme au peignoir m'avait confié son désespoir, celle du lointain pays de l'enfance dont je gardais l'image, douloureuse pour moi, d'une fillette abandonnée dans les bras de son père.

S'il insistait pour savoir quel métier j'exerçais, je ne me voyais pas décliner la liste exhaustive de mes diverses activités, dont certaines avaient été trop anecdotiques pour y figurer, mais sans doute pourrais-je l'amuser avec ma brève carrière de livreuse de voitures de luxe, quand j'avais vingt ans. J'accompagnais les chauffeurs. J'avais toujours eu du succès en racontant mes expéditions en Allemagne, en Suisse et au Luxembourg.

À cette époque, je portais tailleurs et talons hauts, j'étais blonde et mince. Je rendais ma mère folle de jalousie lorsque je lui racontais certains de mes voyages. Je débarquais dans des palaces et des villas cossues où de gros messieurs riches et de jeunes crétins bronzés attendaient la voiture de leurs rêves. Il n'y avait aucun service complémentaire, j'étais juste une image, la cerise sur le gâteau. J'étais surtout fort bien rémunérée.

Pendant ce temps, les années soixante couraient vers un mois de mai que personne n'avait prévu et mettaient fin à ces voyages. Nous chantions la lutte finale dans les rues et aux portes des usines, nous poursuivions des idéaux qui nous échappaient déjà sans que nous le sachions. J'entreprenais de diversifier mes compétences pour subvenir au quotidien, secrétaire, lectrice, vendeuse de bijoux fantaisie ou encore veilleuse de nuit dans un hôtel. Pasquier connaissait déjà la visiteuse de maisons.

Je ne voyais plus la petite Élise. J'espérais que la nuit la conduirait jusqu'aux lointains rivages de ses rêves, de l'autre côté. La plage, qu'un soleil bas frôlait encore, s'étalait de tout son long, désertée, silencieuse. J'ai fermé les yeux, m'abandonnant au doux et lancinant bruissement des vagues. Je cherchais des bribes du texte d'Horváth pour pouvoir les citer à Pasquier, au dîner. Je me souvenais de quelques-unes.

Mon cœur est une mer noire...

Autour de nous bâillent des précipices au fond desquels mugissent des eaux...

Cher monsieur c'est ainsi, l'individu ne compte pas...

La scène se distinguait à peine dans la faible clarté qui la détachait du monde réel. Le comédien, debout, immobile, flottait dans l'ombre. L'océan remplaçait le léger tintement métallique qui écorchait l'obscurité. Rien autour de la silhouette floue, seulement le gouffre de la nuit, la nuit profonde de la guerre, celle qui hantait l'auteur avant même de se déclarer. Les premiers mots crépitaient dans le silence, j'entendais le frémissement des corps près de moi, cet impalpable frisson qui étreignait la salle d'un petit théâtre parisien dont le velours rouge sang prenait soudain sens.

La voix, une musique feutrée, charnelle, donnait à chaque syllabe une singulière résonance. Je m'y abandonnais comme à un destin dangereux. Les regards et les corps se tendaient vers le soldat que la faible lumière menaçait de lâcher à tout instant. Dans ce labyrinthe inexorable où se perdaient l'innocence et l'amour, il se tenait debout, s'offrant au sacrifice. La guerre lui mentait, elle l'entraînait dans un enfer qui consumerait peu à peu toutes ses certitudes. Mais il serait trop tard. Il marcherait dans la neige, une ombre déjà, foulant son linceul.

À la troisième représentation, car j'y retournais chaque soir, le soldat de la cave avait surgi. Son fantôme errait sur la scène, j'étais seule à le voir et à comprendre pourquoi il voulait retrouver la jeune femme, celle des manèges disait le comédien, mais moi je savais que c'était celle qu'il tenait dans ses bras, à l'abri, alors que les bombes s'abattaient sur la ville et que certains voulaient le jeter dehors. Même pénombre inquiète, même pauvre lumière, même attente, même espoir d'une rédemption.

J'avais décidé de revenir jusqu'à la dernière, et chaque fois le fantôme apparaissait et finissait par se confondre avec le comédien sans pour autant l'effacer, bien au contraire. Plus le texte me devenait familier, plus je me sentais proche de celui qui le disait sur scène. Il touchait en moi quelque chose d'intime, au fond de ma mémoire.

Je l'avais attendu un soir, dans le hall du théâtre. Assise dans l'endroit le plus sombre, cachée derrière une foule qui s'impatientait de le voir ouvrir la porte des loges, je cherchais quelque chose à lui dire, quelque chose qui ne serait pas ridicule. Pendant ces longues minutes, j'avais pensé que ma passion du théâtre ressemblait à l'état amoureux. Être spectatrice, suspendue à la magie d'un texte et d'une présence, n'est-ce pas ce qui advient entre deux êtres qui se rencontrent et s'aiment en un instant ? N'est-ce pas semblable à ce qui nous entraîne hors du monde et dans sa vérité la plus secrète ? N'est-ce pas le même ineffable bonheur que procurent les mots portés par la musique d'une voix lorsque, par magie, celle-ci fait oublier l'impuissance de certains jours ?

J'attendais cet homme comme j'aurais attendu un amant. C'était délicieux et effrayant, une question de vie ou de mort. Comment allais-je m'y prendre pour l'aborder en évitant les formules banales ? Étais-je capable de m'exprimer avec simplicité, sans affectation mais avec cette émotion qui me submergeait ? Je ne savais rien de lui et cependant il me semblait savoir l'essentiel, sa capacité à porter ce personnage jusqu'à nous, jusqu'à moi, me révélant ainsi un souvenir enfoui. Il faisait irruption dans ma vie. Plusieurs femmes dans ce hall l'attendaient, elles aussi. Je m'étais alors souvenue d'une phrase qu'il avait oubliée, la veille.

La porte des loges s'était enfin ouverte. Il avait marqué un temps en découvrant l'assemblée qui le dévorait des yeux, puis avait esquissé une pirouette et fait mine de s'enfuir. La drôlerie de sa gestuelle avait déclenché éclats de rire et applaudissements. Tous s'étaient alors jetés sur lui. On s'embrasse beaucoup dans les théâtres. D'étreinte en étreinte, il progressait dans ma direction. Je n'avais pas bougé, toujours assise dans mon coin. De temps à autre, il me jetait un regard intrigué, me prenant sans doute pour un rendez-vous professionnel dont il ne se souvenait pas.

J'avais dit d'emblée, Hier vous avez oublié une phrase, mais vous l'avez dite aujourd'hui. Laquelle ? avait-il demandé, interloqué. *Les femmes sont un mal nécessaire, c'est connu.* Il avait ri, C'est sans doute parce que la mienne était là, enfin je ne la connais pas mais peut-être qu'elle me connaît, elle, je me méfie ! J'apprenais son humour.

Je n'habitais pas Paris, j'étais en mission pour une agence de communication. Mes soirées étaient libres. Elles le furent moins. J'avais décidé de prolonger mon séjour. J'allais le voir chaque soir renaître sur scène, dans le halo pâle des aubes meurtrières de la guerre. Au bout d'une semaine la mission m'était retirée et je perdais mon poste. Je n'avais obtenu aucun résultat. Cela m'était égal, et il était tout à fait inutile de tenter d'expliquer au directeur que je commençais à savoir par cœur un texte que j'entendais chaque soir au théâtre, et qui dans la journée m'accaparait entièrement, au point de m'enfermer dans une chambre d'hôtel, sans la moindre envie de marcher dans cette ville que j'aimais pourtant. Je le récitais, en écrivais des passages sur mes fiches professionnelles vierges que j'avais failli envoyer à l'agence pour solde de tout compte. J'avais l'étrange certitude d'entrer dans ma vraie vie.

Un soir, après la représentation, nous étions allés dans sa maison de banlieue, un immense chantier avec un jardin à l'abandon, qu'il venait d'acquérir. C'était le début du printemps. J'étais restée le lendemain et les jours suivants. J'avais une mission, la remise en forme du jardin. La nuit, il me lisait des textes. Rien d'autre ne comptait. J'étais alors dans une périlleuse confusion entre ma vie réelle et celle où m'entraînaient ces lectures.

Puis l'hiver était arrivé, et les répétitions pour un autre rôle, et les doutes silencieux. Le jardin devenait triste sous le ciel gris de Paris. En l'arpentant chaque jour, je revoyais parfois ma mère au fond du nôtre, dans son rituel secret dont elle revenait débraillée et repue après avoir fréquenté son diable, le même peut-être qui la torturait aujourd'hui dans ce nulle-part où elle prétendait maintenant détester les jardins, comme on en veut au bonheur enfui qui nous abandonne au milieu du désert.

Dans le silence de la petite maison de banlieue, et pour tenter de retrouver la lumière des premiers jours, j'apprenais tous les textes qu'il m'avait lus, et lorsque j'étais parvenue à les savoir presque tous, j'avais regagné ma province…

La mort, qui m'avait déjà pris l'oncle André puis Jules, avait de nouveau frappé l'année de mes seize ans.

Izou, d'abord. Elle ne sortait plus depuis des mois, ne pouvait plus sauter sur les genoux de mon père ni descendre seule de son lit. Ils s'accompagnaient dans leurs dérives respectives, en vieux couple complice. Parfois elle montait la garde devant la porte de leur refuge et s'opposait à toute intrusion. La douce Izou d'autrefois devenait irascible.

Elle était morte une nuit. Mon père n'avait rien dit, il l'avait sans doute trouvée ainsi à ses côtés, en se réveillant, ou peut-être avait-il assisté à ses derniers instants. Nous l'avions vu ouvrir la porte de sa chambre, tenant le corps raidi dans ses bras. Il avait traversé le vestibule en nous ignorant, ma mère et moi, était sorti, avait marché jusqu'au fond du jardin, très lentement, puis commencé à creuser un trou.

Je l'avais rejoint. Il continuait de soulever la terre à grandes pelletées, comme si je n'avais pas été là. Izou, étendue dans l'herbe, semblait encore vivante sauf que maintenant le chant des oiseaux la laissait indifférente et que son poil s'était soudain terni. Mon père l'avait couchée dans la terre, l'avait recouverte, et m'avait regardée enfin. Ce n'était pas le chagrin que j'avais lu dans ses yeux, mais un indicible désespoir qui m'évoquait une autre scène, plus ancienne, une scène qui avait tout changé, un dimanche, à la campagne…

Lui ensuite, quelques mois plus tard. Depuis l'absence d'Izou il ne sortait plus de son lit, ne s'alimentait plus et réclamait sans cesse des somnifères. Un désir permanent de sommeil. Je restais près de lui en rentrant du lycée, malgré les interdictions de ma mère qui prétendait que je le fatiguais. Je me méfiais de tant d'attentions le concernant, ce n'était pas son habitude, à ma mère. Je la soupçonnais même de vouloir le priver de moi. Plus d'Izou, et plus l'affection de sa fille. Elle approchait de la victoire.

Il somnolait souvent, son visage immobile m'effrayait, et quand il était éveillé, je lui tenais la main comme à un enfant malade. J'entendais les minuscules battements de la montre posée sur la table de nuit. Ce n'était plus lui qui la remontait, c'était moi, mais les heures tombaient dans le vide.

Je lui parlais un peu, je caressais sa main. Il ne me dirait jamais ce qu'il avait à me dire, je le devinais, je comprenais que je devrais me débrouiller seule avec ce silence.

Les derniers mois, pendant sa maladie, j'allais de temps en temps m'isoler dans son bureau. Ma mère en avait caché la clé, mais je l'avais trouvée. Je surveillais ses allées et venues et pénétrais ce petit monde figé. Je tripotais les crayons taillés, feuilletais les livres d'architecture, respirais le cuir lacéré du vieux fauteuil, fouillais dans les dessins. Parmi eux, j'avais découvert une esquisse, celle d'une vaste maison ouverte sur la mer avec, sur la plage, la silhouette d'une femme seule. Ma mère ?

Les poils d'Izou voletaient encore lorsque je déplaçais les objets, l'odeur de papier et d'encre persistait, une encre noire et compacte dont il se servait lorsqu'il avait terminé une étude et qu'il la relevait, d'abord sur le papier calque dont il restait encore plusieurs rouleaux, puis sur un autre, raide et écru. Elle avait résisté longtemps après sa mort, cette odeur. Il m'arrivait de me contenter d'ouvrir la porte et de la respirer.

D'autres fois, je m'asseyais, je restais immobile, et tentais de le revoir penché sur la table avec Izou assise à ses côtés, jouant avec les crayons. Les larmes venaient, douces, silencieuses. Je les laissais couler, elles étaient mon amour confus pour un homme qui s'en allait sans faire de bruit, en me laissant notre fardeau de silence.

Un jour, ma mère avait décidé de vider cette pièce désormais inutile et d'en faire un salon de jardin. Un mouvement d'impatience, une volonté farouche d'en finir. Il avait fallu empiler les livres d'architecture, les atlas dans lesquels mon père avait voyagé en solitaire et en secret. Quelques découvertes allaient nous surprendre, des adresses d'hôtels à Paris, lui qui ne s'absentait jamais, des photographies de lui en Syrie, jeune et beau, allongé sur un lit de camp, dans une chambrée de soldats au repos. Ni ma mère ni moi ne les connaissions. Elle s'était attardée sur l'une d'entre elles. Il avait un visage détendu et serein, le regard perdu dans une rêverie, un livre à la main. À ses côtés, un de ses compagnons lisait assis en tailleur. Un fusil à baïonnette séparait leurs lits et au-dessus de celui de mon père plusieurs photographies étaient punaisées sur le mur, mais il était impossible de les distinguer nettement. Cette image de sa jeunesse resterait toujours en moi comme une blessure vive, celle d'un temps perdu dans le silence et l'absence.

Derrière les livres d'architecture, j'avais trouvé deux romans d'Erskine Caldwell, *La Route au tabac* et *Le Petit Arpent du bon Dieu*, que je ne lui avais jamais vu lire, il n'achetait que des Reader's Digest. Ma mère semblait vouloir les jeter. Je les avais pris et j'avais affiché les croquis dans ma chambre. Il y en avait trente, trente maisons toutes différentes, sans aucune présence humaine, sauf celle qui se tenait en bord de mer et qu'une femme assise sur le sable semblait contempler. À moins qu'elle n'attendît quelqu'un qui n'arrivait pas. Les paysages à peine suggérés laissaient quelque chose en suspens que j'avais peu à peu perçu comme un signe de mon père, son unique langage qu'il me confiait et que je devais interpréter. Un rendez-vous quelque part, un jour.

J'étais au lycée le jour de sa mort. Ma mère ne m'avait pas fait prévenir. Elle n'avait sans doute rien à partager avec moi à cet instant précis où elle l'avait trouvé inanimé. Ne sachant rien de ce qui venait d'arriver, je lui avais acheté son sachet de boules de gomme. Il en raffolait. Je rapportais souvent une gourmandise, une fleur cueillie dans le jardin public, une carte postale avec un chat qui miaulait lorsqu'on appuyait dessus et qui effrayait Izou. Je faisais ce petit trafic en cachette et il enfouissait ces trésors sous le matelas. Un vague sentiment d'étrangeté m'envahissait parfois. Je maternais un vieux bébé.

Ce jour-là, j'avais couru jusqu'à sa chambre, j'avais ouvert la porte en brandissant le sachet. Il était déjà en costume. Je le distinguais à peine dans la pénombre. En m'approchant du lit, j'avais entendu la petite trotteuse qui courait encore, sans lui. Je l'avais enfermée dans le tiroir de la table de nuit avant d'aller au fond du jardin, prévenir Izou.

Je n'avais pas voulu assister à l'enterrement, je ne voulais pas que ma mère me prenne par le bras et pleure sur mon épaule pour la galerie. Je ne voulais pas qu'on vienne me susurrer des recommandations la concernant, Maintenant elle va avoir besoin de toi, tu es grande, tu dois être raisonnable... Je m'étais enfuie et j'avais pris un train pour aller me réfugier au bord de l'étang de mon enfance, où il ne venait jamais. Ma mère prétendait que sa famille ne tenait pas à le voir. Il n'était d'ailleurs jamais question de lui pendant l'été, il cessait d'exister. Sauf pour moi.

C'était en hiver, il faisait un froid de canard et je grelottais devant cette eau glauque où se reflétaient l'ombre de Jules et celle de l'oncle André. La maison avait déjà été vendue et le massacre commençait : arbres coupés, jardin éventré, crépissage de la façade dont j'aimais tant les rides et les taches. Je ne voulais rencontrer personne, j'étais venue pour m'isoler, penser à mon père.

Je ne suis jamais allée me recueillir sur sa tombe. J'aime pourtant les cimetières. Je préférais chercher comment l'approcher, tenter de trouver ce que j'avais cru percevoir dans certains de ses regards, celui de ce dimanche lointain, où il était arrivé en courant dans notre refuge campagnard, pendant la guerre, essoufflé, le visage et les mains en sang…

Une brise marine m'effleurait à peine. La *Zelinda* de Silvio D'Arzo m'est revenue en mémoire, un des derniers textes entendus dans la petite maison de banlieue, cette phrase surtout que j'avais perçue comme un message, un message de mon père pour me mettre sur la voie :

> *Est-ce que dans un cas spécial, tout à fait différent des autres, sans faire de mal à personne, quelqu'un pourrait avoir la permission de finir un peu plus tôt ?… Oui, se tuer, expliqua-t-elle avec une tranquillité d'enfant.*

Chaque dimanche matin, la fermière se rendait à l'église. Je la voyais partir, chapeautée et vêtue d'un manteau noir qui fermait mal sur son ventre proéminent. Elle revenait toujours avec une couronne de pain chaud et des gâteaux. Pendant ce temps, le fermier m'emmenait sur le dos de Sultan, son vieux cheval de labour. J'aimais me tenir à la crinière, m'allonger sur son col et me laisser bercer par sa cadence. Il sentait bon, un mélange de sueur et de foin. Ses muscles roulaient sous le poil ras, et toute la puissance qui se dégageait de ce grand corps m'impressionnait. La sensualité de ce plaisir, me laisser aller à son rythme, humer le parfum tiède et fort qui m'imprégnait pendant des heures, n'étaient sans doute pas conscients alors, mais je n'en étais pas certaine.

Nous longions les prés où paissaient les vaches et les chèvres et allions jusqu'à la rivière. Les sabots de Sultan foulaient la terre du chemin et parfois trébuchaient sur un caillou. Je n'avais peur de rien. Je savais qu'au retour la moto serait garée devant la grange et que j'embrasserais la joue piquante de mon père.

Mais, ce dimanche-là, à notre retour, la moto n'était pas devant la grange, elle n'était nulle part dans la cour. C'était la première fois que mon père était en retard. J'avais couru me jeter dans les bras de la fermière qui nous attendait sur le pas de la porte. Elle me passait toujours une main rugueuse sur le visage en m'appelant Mon poussin. C'était une femme tendre qui sentait la vache et le lait caillé. Ne pleure pas, Mon poussin, j'ai une surprise pour toi, m'avait-elle dit en me portant jusque dans l'étable. Dans un immense panier, dormait un chaton qu'elle avait trouvé enfoui sous la paille et dont elle me faisait cadeau, une petite boule gris et blanc qu'elle m'avait mise dans les mains et qui ronronnait déjà. Je l'avais tout de suite appelée Bisou et m'étais précipitée pour la montrer à ma mère et fabriquer une litière sous mon lit.

Mon père était arrivé quelques heures plus tard. Nous étions à table, elle et moi. La porte s'était ouverte, et j'avais vu le sang. Son visage en était maculé, sa chemise, ses mains. Une large plaie balafrait son front. Il était resté un instant immobile, comme s'il demandait la permission d'entrer. Des larmes coulaient sur ses joues. Je n'arrivais pas à me lever pour m'élancer vers lui, mais ce désir était si intense que je n'avais pu retenir un cri.

La moto, avait-il articulé. Un accident ? avait demandé ma mère. Non, ils l'ont prise. Qui ? Ces salauds, des maquisards, réquisition, ils ont dit. Alors ? avait encore demandé ma mère. On s'est battus, ils sont partis avec. Il s'était écroulé en pleurs, des sanglots qui effrayaient Bisou, réfugiée sous le lit. Va te laver, tu fais peur à la petite, avait ajouté ma mère. Il avait passé la tête sous le robinet, avait quitté sa chemise pour la rincer et s'était fait un bandage avec une serviette, avant de s'allonger sur le lit.

Le mot salaud allait cheminer en moi comme une petite maladie qui rampe lentement jusqu'au cœur. C'était la première fois que je l'entendais dans la bouche de mon père. Il ressemblait à un coup mortel dont il ne se relèverait pas.

Nous n'avions pas fait la traditionnelle balade avec le fermier et ses chiens, mais nous étions allés boire le café à la ferme et manger les gâteaux. Le mot maquisard revenait souvent dans ce qu'il avait raconté aux fermiers. Je ne comprenais rien à la discussion. Le fermier ne semblait pas d'accord avec les propos de mon père qui répétait Salauds de maquisards ! Quelques années plus tard, j'avais demandé, Tu en as connu, toi, des résistants ? Sa main qui traçait une ligne s'était immobilisée, Il y a des choses dont je te parlerai un jour, m'avait-il répondu. Il n'avait pas vu le temps passer.

En fin de journée, le fermier lui avait proposé de le ramener en ville. Il était resté silencieux pendant des heures, assis sur une chaise et fixant la route comme s'il attendait quelque chose, la moto, l'homme qui la lui avait prise. À la nuit tombante, le fermier était venu le chercher. Je voulais partir avec lui. Il ne disait pas un mot et pleurait en silence. Je l'entourais de mes bras. Ma mère s'interposait et me mettait debout sur une chaise pour que je puisse suivre la voiture des yeux. Je regardais la route déserte qui filait au loin vers la guerre. Puis j'étais allée chercher Bisou sous le lit, j'avais traversé la cour en la serrant contre moi et l'avais tendue à mon père. Je lui aurais tout donné pour qu'il ne pleure plus.

Il avait oublié de remonter le mécanisme de la montre dont le silence m'était insupportable. Ma mère l'avait remise en marche pour ne plus m'entendre pleurnicher. Quelque temps après, nous rentrions en ville, elle et moi. La petite chatte s'appelait désormais Izou. Il avait enlevé la lettre B. B comme bonheur ?

Je me voyais tout à coup allongée sur le lit. La fenêtre était ouverte, celle de la chambre du fond, donnant sur les pins. Une musique assourdissante venait d'en bas, et des éclats de rire la ponctuaient parfois. Une impression de décalage, de confusion des temps me berçait au rythme des vagues.

Après avoir frappé à la porte, un homme entrait sur la pointe des pieds, suivi par le vacarme du rez-de-chaussée dans lequel je n'identifiais aucune des voix qui en jaillissaient de temps à autre. Son visage ne m'était pas inconnu, il ressemblait à quelqu'un dont je n'avais plus de nouvelles depuis plusieurs années. C'était sans doute lui, et je ne m'étonnais pas de cette apparition, il en avait toujours été ainsi. Depuis le début, nos rencontres se laissaient guider par le hasard, nous ne prenions jamais rendez-vous. Une histoire très particulière, tout en pointillés invisibles qui ponctuaient le temps.

Il s'arrêtait devant le lit et me demandait pourquoi j'étais dans cette chambre, pourquoi je n'avais pas plutôt choisi celle qui s'ouvrait sur l'océan. Je répondais, À cause d'Élise, j'ai promis. Quelle Élise ? Tu ne peux pas comprendre, répondais-je. Il insistait, il voulait en savoir davantage et je parlais d'elle comme si je la connaissais depuis qu'elle était petite, quand je surveillais ses jeux sur la plage en l'absence de ses parents. Maintenant qu'elle avait grandi et qu'elle était partie, je gardais la maison et sa chambre. Mais elle est vide ! s'exclamait-il. C'est ce que tu crois, avais-je murmuré.

D'habitude, je le rencontrais dans des gares, des bistrots, au hasard des rues. Il n'avait jamais franchi le seuil de mes appartements, je n'avais jamais pénétré les siens. Sa présence avait quelque chose d'insolite et d'évident à la fois. Elle me ramenait à une période essentielle de ma vie, celle des choix, du désir de tout changer, de tout inventer, de construire autre chose.

Il continuait de me harceler, Tu n'aurais pas dû acheter cette maison, tu vas t'ennuyer, elle est trop isolée. Je ne l'avais pas achetée, il racontait n'importe quoi, mais n'attendait pas ma réponse. Il refermait déjà la porte et je l'entendais dire à quelqu'un, Non pas cette chambre, c'est celle d'Élise. C'est qui Élise ? demandait une voix féminine.

Tout se mélangeait dans mon esprit perturbé par l'attente. Je me souvenais tout à coup qu'ils avaient loué à plusieurs une maison pour le week-end et comploté une surprise pour mon anniversaire. J'étais furieuse et je boudais, je détestais déjà ces « enterrements ». Il n'y avait pas de pins alentour, la maison tournait le dos à la mer et nous avions tous dormi dans le salon. C'était en été.

En mai, nous avions rejoint les manifestations étudiantes, à Paris. Beaucoup d'entre nous ne se connaissaient pas avant et ne s'étaient pas quittés, après. Plus tard, certains s'étaient égarés, étaient rentrés dans le rang et installés dans une confortable indifférence. D'autres renieraient ce beau désordre. Mais pour moi tout basculait. Je dédiais tous nos slogans à mon père. En courant dans les rues avec l'espoir fou d'un monde meilleur auquel il n'aurait pas cru, j'imaginais nos affrontements s'il avait été encore vivant. Ils me manquaient, ces affrontements. Lui aussi me manquait. De quel monde rêvait-il ? De l'Amérique des chercheurs d'or et des premiers Ferguson ? De la douce et belle Amérique de Frank Capra, aussi morte que lui, aujourd'hui ?

Les événements de Tchécoslovaquie avaient brutalement ébranlé nos certitudes. Au mois d'août, les chars russes étaient entrés à Prague, Jan Palach s'immolait. Quatre ans plus tard le procès de Dubček s'ouvrait et je découvrais une Prague évanouie. Ce voyage avait laissé dans ma mémoire les traces ineffaçables d'un chagrin. Je pleurais d'impuissance et de rage. J'arpentais les ruelles que la nuit plongeait dans une totale obscurité, à la recherche de nos rêves bafoués. L'ombre des chars rôdait encore. Mais Pecka allait imaginer son Antonin Tvrz errant dans le passage Lucerna, prisonnier d'une liberté clandestine, et Hrabal allait faire la tournée des dieux et boire la bière des poètes avec Vladimir et Egon, au *Matou*, au *Chien Parlant*, au *Bœuf Noir*… Toutes ces années, devenues aussi floues que les pastels de l'oncle André, restaient cependant intactes en moi, lumineuses et bruyantes comme une fête, même si je gardais des cicatrices de nos vies parfois turbulentes.

Je me laissais prendre dans de drôles de filets. La rumeur océane m'égarait et cette attente prolongée me tendait des pièges. J'essayais en vain de mettre un peu d'ordre dans ce chaos où Pasquier faisait quelques passages remarqués. On m'interrogeait sur lui, personne ne le connaissait. Qui est-ce ? s'inquiétait une amie. Je n'en savais pas beaucoup plus qu'elle. J'évoquais son projet de théâtre éphémère et elle se moquait de moi, Encore ton théâtre, ça te poursuit, non ?

Il était près de dix-neuf heures, je commençais à imaginer qu'il avait coulé au fond des eaux avec son chef-d'œuvre, emportant avec lui les clés de la maison. Je pensais au silence des berges de la Loire, que je n'aurais pas dû quitter. Il me tardait d'en retrouver la paix, ce lent évanouissement du temps où les oiseaux frôlent un ciel tombé dans une eau paresseuse, et où la lumière du soir a des reflets moirés par le soleil couchant.

Mais peu à peu, ma chambre imaginaire s'encombrait de meubles que je reconnaissais et qui appartenaient à différentes époques, mon enfance, la maison de Jules, les décors de certains amis, le vieux fauteuil en cuir de mon père, sans Izou, et, suspendue à un portemanteau fiché au milieu d'un mur, la vareuse du soldat d'Horváth. Ma mère entrait, Ne pleure pas, me disait-elle, Papa t'a oubliée, il ne sait pas qu'on est dimanche, aujourd'hui.

Je ne savais d'ailleurs plus quel jour nous étions, et pourquoi penser à elle, ici ? Je ne lui parlais jamais des maisons que je visitais, je ne lui parlais jamais de moi, je lui parlais d'elle, je lui inventais des vies pour la consoler. C'était d'ailleurs la seule façon de l'approcher un peu. Je ne lui en voulais plus, l'ailleurs dans lequel elle évoluait était peut-être son refuge, là où son diable la laissait tranquille. Je pouvais désormais avoir les gestes tendres qu'elle refusait avant, malgré ce regard distant qu'elle avait encore, cette façon de ne pas vouloir succomber à l'amour.

Elle était habillée comme ce dimanche à la ferme, toute mince dans sa robe à fleurs, et portait des socquettes blanches dans ses sandales. Elle répétait, Papa t'a oubliée, il ne sait pas qu'on est dimanche, aujourd'hui.

Crêpe de Chine et smocks, petites fleurs pâles sur fond bleu marine, col blanc. Elle portait déjà cette robe sur une photographie prise peu après ma naissance. Assise sur une chaise placée devant une Vierge à l'enfant (ce monumental tableau occupait presque tout un mur du salon de Jules), elle me donnait le biberon. J'étais minuscule dans le burnous qui m'enveloppait. Elle fixait l'objectif avec un regard où se lisait un désir fou d'absence, elle n'était pas dans cette image, ses yeux le disaient, ils le criaient en silence. L'enfant du tableau semblait se pencher pour nous observer. La Vierge restait invisible, perdue dans la pénombre et mal cadrée. Cette mise en scène avait dû inspirer l'auteur du cliché, Jules probablement, mais la maternité donnait un visage tragique à ma mère. S'en était-il rendu compte ? N'avait-il pas vu la détresse de sa fille ? À quoi pensait-elle ? À qui ? À mon père ? À la guerre dont elle avait peur sans lui ? À quelqu'un d'autre qu'elle n'avait jamais nommé, qu'elle ne nommerait jamais, un amour perdu ?

Elle portait encore la même robe sur une autre photographie, plusieurs années plus tard. La guerre avait poussé à l'économie. J'avais grandi, six ou sept ans. Elle était toujours assise, mais cette fois dans une cour, devant un mur gris et décrépi. Ses jambes croisées étaient gainées de bas noirs et ses chaussures lacées avaient quelque chose d'austère, de peu féminin. J'étais à ses côtés, debout, un énorme ruban fiché dans les cheveux, les genoux cagneux comme ceux des poulains que j'espérais élever un jour. Je posais une main sur sa robe. J'avais encore un souvenir précis de ce tissu léger, un peu froissé, qui filait entre les doigts et laissait sur la peau une sensation de caresse.

C'était l'année de la scarlatine et de Peter Pan, qu'une voisine plus âgée venait lire à mon chevet. Suzanne. Je fermais les yeux et je me faufilais dans Hyde Park, que j'imaginais fort bien grâce à Jules, à nos expéditions matinales dans son vaste domaine, aux clairières qu'il nous faisait traverser, aux prés qui dégringolaient vers la rivière, à ses histoires qui me trottaient encore dans la tête. Je m'endormais avec la certitude que, pendant la nuit, des ailes allaient éclore sur mes épaules et qu'à mon réveil je pourrais m'envoler.

C'était aussi l'année de la mort de l'oncle André et la fin de ce paradis niché entre l'étang et le jardin maintenant disparu. La fièvre m'emportait loin dans un monde où mon père et moi nous évadions sur sa moto retrouvée. Les routes traversaient un océan de verdure. Sultan menait un troupeau de poulains. Je les connaissais tous. Ils nous escortaient jusqu'à la rivière où nous les laissions boire avant de reprendre notre joyeuse équipée.

Le paysage ressemblait à ces tableaux que les doigts poudreux de l'oncle André faisaient surgir en mélangeant les pastels, et en estompant avec le pouce les traits trop appuyés, comme s'il préférait regarder ce qui l'entourait à travers un voile, comme s'il préférait cette image floue précédant l'oubli qu'il savait inéluctable, donnant à la vie la fugacité d'un songe.

Je guidais mon père dans ce territoire intime où il ne venait jamais, où le bonheur sans lui n'était qu'une trahison. Le silence nous accompagnait, une paix dont la douceur nous rapprochait enfin. Puis les poulains et Sultan nous en éloignaient et nous entraînaient dans leur élan jusqu'à la lisière du jour.

La fièvre ne tombait pas et le diagnostic s'aggravait. Ma mère convoquait des médecins qui tournaient autour de mon lit. Nul antibiotique en ce temps-là, et je lisais sur les visages une inquiétude que je savais interpréter. L'oncle André m'appelait. Je n'avais pas peur de le rejoindre, ce n'était pas vraiment une idée précise de la mort mais celle d'un effacement possible, un simple éloignement, un endroit secret d'où j'allais sans doute continuer à voir mon père et ma mère sans vivre avec eux, sans leur souffrance. La guérison avait empêché la mise en œuvre de cette expérience à laquelle je m'étais préparée.

Ma mère avait alors décrété qu'un séjour à l'océan me ferait le plus grand bien, que l'iode me redonnerait des forces, et ils avaient loué une villa au Croisic. Avant de se mettre au lit à son tour — c'était en fait le début de son long calvaire —, mon père m'avait emmenée à la criée, deux ou trois fois. Les bateaux arrivaient presque tous en même temps, nous suivions leurs manœuvres pour se mettre à quai, sous le vol obstiné des mouettes affamées qui piaillaient et se battaient au-dessus de nos têtes. Les pêcheurs s'interpellaient d'un bateau à l'autre et sortaient leur butin des cales, qu'ils déposaient sur des chariots. Les femmes, bottes, gants et tabliers de caoutchouc, s'avançaient vers eux, leur servaient du café chaud, emmenaient les chariots et commençaient leur tri.

Mon père posait toutes sortes de questions aux pêcheurs, je me souvenais de celui qui nous avait invités à grimper sur son bateau pour nous montrer un bébé requin, et nous raconter que parfois les hommes pleuraient d'émotion lorsqu'une daurade prise dans leurs mets changeait de couleur et brillait comme de l'or avant d'expirer. Nous achetions des sardines et des maquereaux, et rentrions en longeant la plage. Elle était nue à cette heure-là, et nous distinguions les méduses échouées pendant la nuit. Nous marchions sans parler, la main dans la main. Je respirais cette forte odeur de marée jusqu'à l'écœurement, et je pensais à la baleine de Melville que Jules nous décrivait lors de nos petits matins champêtres, à cet animal mythique qui hantait les mers et nos imaginaires enfantins. Je ne savais pas encore que ces instants allaient sans cesse illuminer ma vie, m'aider à tenir le cap quand tout semblait s'écrouler autour de moi.

De temps en temps, mon père me montrait un oiseau, un bateau à l'horizon, et tentait de m'expliquer les marées. Puis il avait dit sur un ton de confidence, Quand je serai vieux, j'aurai une maison ici, c'est mon pays, tu comprends ? Oui, je comprenais. Moi, mon pays, c'était la maison de Jules, c'était son bois, ses clairières et ses champignons, mais j'avais répondu, Je viendrai habiter avec toi et Izou.

Était-ce la maison des vieux jours qu'il avait imaginée à travers ces ébauches ? Était-ce un rendez-vous qu'il m'avait donné, puisque le serment d'habiter ensemble n'avait pu être honoré ? Il savait qu'il allait mourir, qu'il ne viendrait jamais tenter une vie plus douce dans ce pays, qu'Izou aurait disparu depuis longtemps et que je serais sans doute une femme indisponible. J'avais mis des années à comprendre le sens de ces dessins, à être persuadée qu'ils étaient une demande, quelque chose comme, Viens me voir, même si je ne suis pas là, je laisse toujours la maison ouverte…

Parfois, lors d'une visite, appuyée contre un mur dans la pénombre d'un couloir, j'entendais le murmure confus des vies successives qui avaient laissé là leur souffle suspendu, porté par le temps qui dans sa fuite traînait avec lui l'arsenal baroque et souvent discordant des jours emboîtés les uns dans les autres, de gré ou de force. Le dédale de plus en plus complexe d'images superposées, d'intérieurs où chaque porte ouverte révélait sans pudeur la nudité des murs, leurs cicatrices, leurs taches, leurs déchirures, traçait pour moi des chemins de traverse qui me rapprochaient de ce que je cherchais.

Mon père avait surgi un matin. J'arpentais un grenier où restaient encore quelques objets, que l'agence s'engageait à faire disparaître dans les plus brefs délais. Un vieux lit en fer, des chaises trouées, des bassines remplies d'une vaisselle dépareillée et, posées sur une valise, une paire de galoches d'enfant à la semelle de bois usée. Je m'en étais emparée d'un geste si vif que l'agent immobilier avait souri, Je crois que vous pouvez les prendre, vous êtes collectionneuse ?

J'entendais mon père, un jour que nous rendions visite au menuisier dont l'atelier se trouvait juste en bas de chez nous. J'avais quatre ou cinq ans. Il me disait qu'à mon âge, il portait lui aussi des galoches à semelles de bois, comme moi, et que le bruit qu'elles faisaient sur le chemin lorsqu'il partait à l'école chaque matin était encore dans sa mémoire. Et il m'avait serré la main, très fort.

J'avais laissé les galoches, bien sûr, et répondu à l'homme que si j'avais eu les moyens de faire des folies j'aurais acheté la maison rien que pour elles.

Je restais souvent de longs moments immobile lorsque je trouvais le cœur d'une maison, l'endroit précis où tout ce qu'elle m'évoquait semblait retenu dans un seul détail, un rai de lumière qu'un volet mal fermé laissait filtrer, une odeur, un motif de ferronnerie sur l'appui d'une fenêtre, un tableau oublié, un calendrier des Postes, modeste témoin d'une époque dont peut-être on ne voulait plus se souvenir en quittant les lieux, mais où des échéances d'importance inégale s'affichaient encore, mariage de S., dermatologue à 15 heures, voiture au garage, café et cigarettes, téléphoner à M., billets de train…

Il m'était arrivé d'ouvrir des placards, d'y découvrir d'infimes vestiges mais aussi de tragiques aveux, impossibles à dire, comme celui qu'une main avait gravé sur le fond d'un rayonnage, *Je ne t'aime plus*. Un jour, en soulevant une toile cirée presque collée à une table de cuisine, le projet enfantin d'un herbier m'était apparu, maladroit, délaissé, dessinant un jardin imaginaire et secret. Et puis, cachées derrière un miroir, plusieurs cartes postales tentaient de s'échapper. En tirant sur la première, j'avais déclenché la chute des autres. Toutes venaient de Madagascar. Sur chacune, un homme se contentait d'embrasser une femme qu'il appelait Ma choupinette. Il ajoutait toujours un post-scriptum faisant le décompte des jours restants avant son retour présumé. Le dernier indiquait 142 jours. À des milliers de kilomètres de ce minuscule village perdu dans une vallée que je ne connaissais pas, et où cette femme que je ne connaissais pas non plus puisque j'avais affaire à une agence avait sans doute fini par ne plus supporter d'attendre, un homme envoyait peut-être encore des cartes postales qui s'entassaient quelque part, au rayon des « n'habite plus à cette adresse ».

Les visiteurs de notre maison mise en vente dès le premier déménagement de ma mère avaient-ils eux aussi senti l'âme des murs dans lesquels nous avions vécu pendant des années ? Qu'avaient-ils pu percevoir de nos tempêtes, de nos brefs répits, du désespoir résigné de mon père, de celui de ma mère et du mien dans l'âpreté de ce grand désert ?

Quelques poils d'Izou devaient résister encore, quelques effluves de *Soir de Paris*, quelques soupirs au fond du jardin, là où ma mère se griffait aux buissons et où dormait le chaton gris et blanc d'un dimanche de guerre. Nos ombres devaient se profiler sur les murs à l'insu des nouveaux propriétaires, elles donnaient peut-être à leurs silences l'illusion rassurante des bonheurs domestiques, réparant ainsi, d'une certaine façon, tout ce qu'on avait fait subir à ce décor somme toute innocent, que nous avions laissé sombrer dans le désordre et la désolation.

Pasquier n'arrivait toujours pas. La baie s'empourprait. De l'horizon derrière lequel il disparaissait, le soleil l'inondait de ses dernières lueurs. Je frissonnais, j'allais devoir partir à la recherche d'une cabine téléphonique et faire du stop pour retourner à l'auberge. J'étais inquiète et irritée tout à la fois. Déçue. Pasquier avait une conception de l'éphémère un peu excessive. Mais je n'excluais pas non plus un accident, une déconvenue majeure. Je serais en ce cas dans l'obligation de pardonner.

Je devais donc refermer portes et fenêtres même si je n'avais pas la clé, pénétrer une dernière fois dans la chambre d'Élise. C'était là, bien sûr, que l'âme des lieux s'était réfugiée. Une âme troublée qui possédait la maison tout entière et ne se laisserait pas envahir.

J'ai couru sur le sable, me suis arrêtée sur la terrasse pour contempler l'embrasement qui ensanglantait le ciel et suis montée à l'étage. Dans l'encadrement de la fenêtre, l'océan bougeait à peine, un frémissement discret, un chuchotement. Élise, qu'un amour fou avait fait fuir, devait regretter ce spectacle que rien ne pouvait interrompre, jamais, ni l'absence, ni le temps, ni le chagrin le plus grand.

Je lui ai parlé, avec des mots simples, tant il me semblait que nous pouvions nous comprendre, elle et moi. En tout cas elle m'écoutait, car soudain le théâtre éphémère de Pasquier semblait flotter sur les eaux comme un bateau ivre, ma mère marchait le long de la plage en évitant les méduses puis montait derrière mon père qui venait la chercher sur sa moto, et j'entendais la voix dire *J'étais soldat, j'étais fier d'être soldat*... Le petit jardin de banlieue embaumait la chambre de ses senteurs de jasmin, et, sur la scène, l'homme dont le souvenir ne me quittait pas disait son texte en me regardant dans les yeux.

J'ai refermé les volets sur ces images et, dans le noir, j'ai entendu le moteur d'une voiture qui se rapprochait. Alors j'ai dévalé l'escalier.

Je ne connaissais pas l'homme qui arrivait sur la terrasse en même temps que moi. Il m'a à peine saluée, est entré dans la maison pour fermer la baie et les volets. Pas un mot.

Je ne comprends pas, ai-je dit. Moi non plus, a-t-il répliqué, je sais seulement que je dois vous ramener à l'auberge où j'ai dû aller récupérer les clés, ce qui ajoute quelques dizaines de kilomètres à ce que j'avais prévu pour aujourd'hui. Il s'est élancé dans l'escalier, a fait le tour de l'étage au pas de course avant de redescendre et de me désigner la porte d'un geste à peine courtois. Nous sommes entrés dans la nuit.

Je suppose que vous n'achetez pas, a-t-il marmonné d'une voix sourde en quittant l'allée des pins pour s'engager sur la route. Je n'ai pas répondu, je me perdais en conjectures au sujet de

Pasquier que j'avais de plus en plus de mal à saisir. Je préférais attendre d'être à l'auberge pour en savoir plus plutôt que d'interroger cet homme dont la mauvaise humeur n'incitait guère au dialogue. Je me laissais happer par le tunnel lumineux que les phares creusaient loin devant nous, et me livrais au vide dans lequel nous nous précipitions, chacun pour soi, une sorte de trou sans fond, de temps sans durée. Une discrète odeur de marée se répandait dans la voiture, me rappelant les crevettes qui remplissaient mes poches, et m'évoquant soudain les étoiles de mer oubliées dans ma valise et que ma mère jetait en se pinçant le nez, à mon retour de colonie de vacances.

Je suis tout de même désolée, ai-je dit. Le silence se refermait sur nous, un silence que la nuit amplifiait et que le ronflement du moteur traversait comme une onde. Il me semblait avoir déjà vécu quelque chose d'approchant, une route en pleine nuit avec un inconnu, une urgence dont l'enjeu allait peut-être me revenir en mémoire.

Je vais faire part de votre décision à M. Dufour, a dit l'homme. Quelqu'un s'est présenté cet après-midi, M. Dufour attendait votre avis avant de signer avec cette personne. Un couple ? n'ai-je pu m'empêcher de demander. Non, quelqu'un d'ici, mais je n'ai pas à vous donner de détails. J'ai dit, Je pense le connaître. L'homme a tourné la tête de mon côté et j'ai ajouté, D'une certaine façon, c'est un couple.

Rien ne me permettait d'être affirmative à ce point, j'étais pourtant persuadée que c'était lui, l'homme au peignoir, qui de loin ressemblait au soldat sur la scène pris par l'immense vertige de son désespoir, s'offrant à son funeste destin dans un ultime élan.

Je n'ai plus pensé à Pasquier, mais à cet homme qui ne pouvait se résoudre à perdre le lieu témoin de son amour pour Élise. Ma présence avait dû raviver sa douleur et provoquer le désir impulsif de posséder ce décor mis à nu, mais où persistaient les traces invisibles d'une histoire. Je l'imaginais laissant la maison en l'état et venant chaque nuit tenter de percevoir le fragile souffle de la jeune femme. Il resterait sans doute des heures à contempler les ténèbres, à attendre la pâle aurore, une ligne claire à l'horizon, puis un jour entier à franchir jusqu'au soir prochain. Il croiserait peut-être, sur la plage, la frêle gamine cherchant une issue à son rêve, un autre monde caché derrière les apparences et qui n'existerait que pour elle. Je quittais cette maison avec sérénité. J'aurais pu dire à l'homme au peignoir, J'ai confiance en vous, comme il me l'avait dit quelques heures auparavant. Je reconnaissais en lui cette fidélité sans laquelle tout m'avait toujours semblé vain.

Nous dépassions un carrefour et j'ai demandé pourquoi nous ne prenions pas la direction indiquée. L'homme a répondu qu'il connaissait un raccourci et c'est alors que je me suis souvenue de l'inconnu avec lequel je filais dans la nuit, un soir de Noël. Je m'enfuyais. J'étais sortie de la maison en courant, au milieu d'une dispute entre mon père et ma mère. J'avais décidé d'aller chez Jules à plus de cent kilomètres, en stop. Une voiture s'était arrêtée. L'homme qui la conduisait devait avoir l'âge de mon père et ne parlait pas beaucoup non plus. Nous étions très vite passés de la ville illuminée à l'obscurité austère de la campagne. Je fixais la route qui se jetait sous la voiture et les arbres qui s'écartaient sur notre passage. Une peur insidieuse m'avait envahie, je n'osais plus faire un geste, je respirais à peine. Je n'avais pas remarqué le caniche noir à l'arrière qui soudain m'avait sauté sur les genoux et arraché un cri. Ce n'est rien, avait dit l'homme, il est simplement heureux de votre présence, je crois qu'il s'ennuie beaucoup avec moi. Il avait changé son itinéraire pour me conduire jusqu'à la maison de Jules, et lorsque j'étais descendue en le remerciant, il m'avait dit que c'était lui qui me remerciait. Il n'avait pas d'enfant et ce bref voyage avec moi, un soir de Noël, était pour lui un cadeau que la vie ne lui avait pas fait.

En entrant à l'auberge, j'ai vu le chat orange assis sur le comptoir. Il a miaulé, sauté dans mes jambes et m'a entraînée jusque dans la cour où résonnait la voix de la mère. Elle était attablée avec sa fille et m'a fait signe de les rejoindre. Je cherchais Pasquier des yeux, elle s'en est aperçue. Il a déposé les clés et a filé à la gare, a-t-elle dit avant même que je pose une question. Il était inquiet pour Jo, a-t-elle ajouté. Qui est Jo ? ai-je demandé. Elles ont échangé un regard et la fille s'est tournée vers moi, Pasquier vit avec un type. Un sourire retenu se devinait sur ses lèvres, et la mère a cru bon de préciser, C'est Jo.

Elles attendaient ma réaction, mais je me suis assise et j'ai commencé à manger les tomates qu'une main inspirée avait joliment disposées sur l'assiette. Je n'avais aucun commentaire à faire sur la révélation qu'elles considéraient sûrement comme susceptible de m'indigner ou de m'affliger, je dégustais mes tomates en silence et je revoyais la carte postale signée Jo trouvée sur le bureau de Pasquier. La fille s'est levée pour aller chercher quelque chose dans la cuisine. La mère s'est penchée vers moi, Vous êtes amoureuse ? a-t-elle murmuré en posant le bout de ses doigts sur mon bras. Nous sommes restées un instant les yeux dans les yeux, je lisais dans les siens son désir de m'entendre avouer. Je lui ai souri sans répondre tout de suite, la laissant imaginer ce qu'elle voulait. Son culot me plaisait plutôt, et surtout je ne m'y attendais pas, c'était la première vraie parole entre nous, je ne pouvais pas m'esquiver, alors je me suis penchée vers elle et sur le même ton de confidence j'ai répondu, Oui, mais pas de Pasquier. Elle semblait déçue. Et vous ? ai-je ajouté, mais la fille revenait avec un plat de poisson qu'elle a posé sur la table en disant, Ma mère est tout le temps amoureuse ! Je l'ai regardée, Pas vous ? ai-je dit. Je pensais de nouveau à, C'est toujours autre chose, mais c'est pareil, j'ai éclaté de rire. Au même moment, le chat orange s'est précipité sur la table pour voler un morceau de poisson. S'est ensuivi un grand désordre qui a coupé court à notre conversation. Lorsque le calme est revenu, la fille a soupiré, Moi, l'amour… Je ne sais pas.

Trois femmes et un chat ont médité sur cet aveu pendant plusieurs minutes, puis la mère a rompu le silence, Il n'y a rien à savoir, a-t-elle déclaré avec autorité. J'ai approuvé. Je la revoyais, le matin même, le visage fané, les gestes lents. Je sentais une réelle complicité s'installer entre nous, elle aurait sans doute aimé parler jusque tard dans la nuit. Peut-être que l'homme à la voix rauque ne viendrait pas, qu'il ne viendrait plus, ni le garçon aux larges épaules que la fille entourait de ses bras blancs. J'étais épuisée par cette journée vouée à l'attente et à des rencontres qui m'accompagneraient longtemps. J'ai pris congé. Il a laissé un mot dans votre chambre, il était très ennuyé de ne pouvoir aller vous chercher. J'ai de nouveau croisé son regard, le même que lorsqu'elle m'avait demandé si j'étais amoureuse. Je me suis sentie obligée de dire quelque chose d'intime, de lui donner quelque chose, Je ne vois plus l'homme dont je suis amoureuse, je ne sais plus vraiment pourquoi, mais vous avez raison, il n'y a rien à savoir, ou plutôt savoir ne sert à rien, et d'ailleurs je le reverrai sans doute un jour... Oui, je le reverrai.

Je suis montée dans ma chambre avec le chat orange qui semblait m'avoir de nouveau adoptée. Les volets étaient tirés, je les ai ouverts et, dans le jardin d'en face, j'entendais l'homme et la femme. Ils s'aimaient encore. Et puis j'ai vu une enveloppe sur le lit. Je me suis approchée pour la prendre et j'ai soudain perçu un frémissement que je reconnaissais trop bien, malgré toutes les années passées. La montre de mon père, oubliée le matin sur la table de nuit, avait repris sa course, mais elle se perdait dans les profondeurs d'un immense effroi. J'ai cru qu'il n'y aurait plus jamais de silence. Je m'en suis saisie, je l'ai jetée au fond du tiroir, puis j'ai ouvert l'enveloppe.

> *Je vole au secours de mon ami malade, je serai là dans trois ou quatre jours, vous serez déjà partie. Pardonnez-moi ce contretemps, je me permets de remettre votre montre en marche.*
>
> *J'espère que nous nous reverrons.*
>
> *Alex*

LE SILENCE

Petite lumière discrète dans les entrailles obscures d'un théâtre déserté et silencieux, la servante veille. C'est ainsi qu'on la nomme. Elle veille sur le sommeil des coulisses, sur celui de la scène où les voix se sont tues jusqu'au prochain lever de rideau, sur l'immobilité des décors, la vacuité de la salle où le public a laissé derrière lui une traîne qui flotte au-dessus des fauteuils, une note suspendue, à peine audible, qui peu à peu s'évanouit.

Il me semblait être depuis toujours la servante de mon théâtre intime. Les voix m'accompagnaient, les décors me hantaient, et dans les coulisses où je tentais de me frayer un chemin pour fuir, je croisais les visages sans fard, les corps sans oripeaux qui n'entreraient plus en scène et continuaient cependant de jouer leur comédie et la mienne, derrière le rideau. Ce n'était jamais tout à fait la même chose et certains mots qui rôdaient sans cesse se soustrayaient parfois à ma vigilance, ou bien c'était moi qui tentais de ne pas les entendre, mais ils me poursuivaient avec tant d'acharnement qu'il m'était impossible de leur échapper, même en changeant les décors. Certaines images aussi, découvertes avec horreur dans un cinéma de notre quartier à la fin des années cinquante et peu après la mort de mon père, se faufilaient à leur tour dans ce grand déballage de la mémoire, cet héritage auquel mes parents ne m'avaient pas préparée, mais que d'une certaine façon ils m'avaient déjà légué à la naissance.

Après leur engloutissement dans un oubli volontaire ou inconscient — à moins que ce ne fût l'attente de leur effacement naturel confortée par une longue amnésie collective —, ces mots et ces images avaient soudain resurgi en même temps que le fantôme du soldat de la cave errant derrière celui d'Horváth, que l'homme du jardin de banlieue défendait sur scène avec l'élégance du désespoir. La montre retrouvée les avait convoqués elle aussi, malgré mes efforts pour la maintenir dans l'immobilité du temps, fixée à l'heure arbitraire de 8 h 27. Ce rendez-vous auquel je ne m'attendais pas après tant d'années, c'était maintenant.

Les éclairs crépitaient dans le ciel déchiré. Je descendais l'étroit escalier de bois où tout l'immeuble se pressait en pyjama, en chemise de nuit et pieds nus. J'étais la seule enfant, mon père et ma mère me donnaient la main. Je les avais réveillés, intriguée par la lumière intense tombée sur la ville et que j'apercevais par la fenêtre ouverte. C'était l'été. Une sirène mugissait, suivie d'un grand silence effaré. Puis la première explosion. Les corps rasaient les murs en dévalant les marches, leurs ombres s'étiraient jusqu'à l'épuisement.

Au fond de la cave, les amants se tenaient l'un contre l'autre. Ils devaient ressembler aux couples des cartes postales envoyées sur le front de la Grande Guerre par les femmes impatientes, et que les hommes gardaient au fond de leur poche pour les relire et se rassurer dans le froid glacial des tranchées. Leurs visages s'étaient dissous dans ma mémoire. Assis sur le tas de charbon, ils ne voyaient personne, mais tous les regards étaient braqués sur eux. Je n'entendais ni la voix de mon père, ni celle de ma mère.

Par instants la scène se vidait, le rideau tombait, puis de nouveau tout recommençait, mon père et son visage maculé, les sanglots, la voix défaite, la moto perdue qu'un autre chevauchait et ma mère avec sa réplique, Va te laver, tu fais peur à la petite. Et encore le sang, les pleurs, les mêmes mots, puis de longs intervalles dans lesquels d'autres images défilaient sur l'écran, un noir et blanc de nuit et de brouillard, avec les corps mêlés comme dans une immense étreinte amoureuse que la mort aurait figée. Ils tombaient lentement dans la fosse, légers et blafards, ombres furtives et silencieuses, anonymes et dérisoires, s'entassant à nouveau dans leur ultime et frileuse étreinte, une solidaire tendresse dans l'horreur des camps.

Et la guerre prochaine sera autre chose que cette soi-disant Grande Guerre ! Plus intense, plus brutale — une guerre d'anéantissement, tout ou rien ! menaçait le soldat d'Horváth.

Tous des youpins, disait parfois mon père, comme il aurait dit tous des pantins, lorsque la radio diffusait les informations. Nos mastications et le bruit de nos couverts couvraient les nouvelles du monde et de ses gouvernants, dans la brève accalmie des tempêtes domestiques. La guerre était finie depuis quelques années, quatre ou cinq, mais les mots n'étaient encore pour moi que musique et fantaisie. Il y avait dans youpin quelque chose de ludique, il m'évoquait le théâtre de Guignol que déployaient les maîtresses dans la cour de l'école, déclenchant nos rires et nos applaudissements à l'apparition des personnages dont nous connaissions par cœur les sempiternelles facéties. C'est quoi youpin ? Ne mets pas les coudes sur la table et finis ce qu'il y a dans ton assiette.

Dans la salle obscure, devant ces images insoutenables, mon père ressuscitait. Il était là, à mes côtés, retranché dans son mutisme. Je revoyais son visage blessé, ses larmes, et j'entendais le mot qui m'évoquait le théâtre de Guignol de l'école, mais je ne pouvais pas m'empêcher de l'aimer encore, d'un amour douloureux. Savait-il ? Pouvaient-ils ne pas savoir, ma mère et lui ? Peut-être est-ce ce jour-là qu'avait pris fin l'enfance. Les mots ne seraient plus jamais simple mélodie, j'apprenais qu'ils avaient un sens, la leçon était cruelle. Je ne lui en voulais pas, c'était beaucoup plus grave, il tuait quelque chose en moi.

Au fond du tiroir, la montre palpitait avec discrétion et rythmait l'apparition des images. Pasquier avait remis en marche la mécanique infernale d'un théâtre qui, lui, n'était pas éphémère, qu'aucune marée n'ensevelirait. Je ne lui en tenais pas rigueur, ni du contretemps, ni de ce geste inconsidéré. Je me demandais seulement si j'aurais la force d'aller au bout de ce qui s'était déclenché et que je ne maîtrisais pas. J'ai pris la montre pour aller la mettre dans sa chambre et la laisser finir sa course sans moi. Je ne supportais plus ce qu'elle m'infligeait. En sortant dans le couloir, j'ai senti le poil tiède et doux du chat orange sur mes jambes. Je ne savais d'où il venait, comme tous les chats, il était partout à la fois dans la maison et sa présence me faisait du bien. Je l'ai encouragé à me suivre. Nous sommes entrés chez Pasquier.

Il avait tout laissé en l'état. Le désordre parlait de sa précipitation. Les livres avaient disparu de la table de nuit, mais la carte de Jo était toujours sur le bureau encombré, avec le court message griffonné au dos du port de Marseille. Le *Ouest-France* du jour suivait le déroulement des travaux, annonçant une prochaine inauguration en présence de personnalités locales et parisiennes, de quelques représentants du monde de la culture, quelques politiciens à l'affût d'une apparition publique. Je voyais mal Pasquier dans ce rôle, mais c'était bien sûr un passage obligé. Une médiocre photographie accompagnait l'article et je découvrais que son théâtre ressemblait à un bateau renversé ou au grand corps d'une baleine échouée, blanche comme celle de Paul Gadenne, *dans sa nudité pâle et azurée.* Ce court texte était dans la maison de banlieue, et je me souvenais encore de certains passages.

> *La baleine était ce trait jeté en travers de la plage, comme une rature ; c'était cette mare aux reflets de jasmin et d'ortie, cet épanchement paresseux promis aux plus troubles métamorphoses. Il devenait le lieu où se rejoignent les jardins frappés par la foudre, le dernier chant des oiseaux perdus, les fruits rejetés trop tôt par les ventres des femmes…*

J'ai écrit ces quelques phrases sous la photographie, des mots empruntés, mais qui scelleraient notre complicité. Les livres ne nous avaient-ils pas d'emblée rapprochés ?

La chaleur orageuse engourdissait l'air à nouveau, j'ai ouvert la fenêtre. Comme la veille, le chien dans le jardin m'a aperçue et s'est mis à aboyer. La voix masculine a crié, Couché ! les jambes blanches ont dessiné de pâles éclairs sur le feuillage sombre, j'aimais ce minuscule paradis à portée de regard, ces corps blafards mais vivants dans la nuit chaude. Je suis restée assise sur le rebord à scruter la rue déserte et à entendre leurs bruits amoureux. Dans l'immense obscurité dont les limites invisibles me faisaient redouter de terribles angoisses, ce léger babil ressemblait à une berceuse. J'éprouvais de la reconnaissance pour cette femme et cet homme capables de tant d'amour.

J'ai posé la montre sur le bureau, et j'ai quitté la chambre, toujours accompagnée par le chat orange que mon agitation commençait à lasser. Je suis descendue et suis allée fouiller dans la cuisine, à la recherche d'un peu de vin. Je n'ai rien trouvé à part de la compote. Je me suis attablée. Le chat orange et moi l'avons dégustée avec gourmandise. Je n'avais pas sommeil, je redoutais une nouvelle apparition de mon père avec son visage égaré, ses larmes et ses mots vengeurs, sous le regard blasé de ma mère.

J'ai pensé à Ty Ty et à son petit arpent du bon Dieu. Par le plus-que-parfait des enfers ! hurlait-il à tout bout de champ en creusant ses trous à la recherche désespérée d'une pépite d'or, d'un peu de sens à la vie, de quoi survivre à la crise de ces années trente qui menaient tout droit à la guerre. Un rêve insensé pour tenir debout, épargner aux femmes de sa terre d'avoir à se vendre aux usines de filature qui les préféraient aux hommes pour leur docilité. Jamais il ne laisserait sa Darling Jill ni sa Griselda s'abîmer dans la poussière des machines, et leurs yeux de volubilis s'éteindre à force de fatigue. Il préférait capturer à la corde un albinos soupçonné de sorcellerie, pour le faire creuser avec lui, et exploiter deux nègres mal nourris plutôt que de gaspiller la beauté de ses filles. Un bon bougre, ce Ty Ty, mais raciste, pas plus qu'un autre, pas moins non plus, rustique et solitaire, dans lequel mon père devait reconnaître un peu de son entêtement paysan, et sa méfiance naturelle vis-à-vis des hommes en général. Je le voyais bien s'en faire un ami et lui trouver de l'eau sur son petit arpent du bon

Dieu, lui dire qu'il ferait mieux d'acheter un Ferguson plutôt que de creuser des trous (encore que je le voyais bien lui aussi en chercheur d'or et cette idée me plaisait). Il était mort jeune, sans avoir eu le temps de trouver les mots pour me parler, sans nous laisser le temps de nous connaître, de nous affronter. Je pensais que la vie devait donner à chacun le temps nécessaire pour devenir ce qu'il était vraiment.

Je suis allée marcher dans la cour, puis dans la rue et jusque sur la place. Le chat orange m'escortait avec résignation. Je n'avais aucune nouvelle de celui qui m'attendait quelque part, ni de l'homme qui veillait sur lui. J'étais dans une autre vie, c'était peut-être la vraie.

Le village endormi se recroquevillait sous un ciel de plomb. Les premiers grondements de l'orage s'étranglaient au loin, mais se rapprochaient peu à peu, de plus en plus forts, et j'ai attendu que la pluie m'inonde.

J'ai vu le jour se lever. Le ciel s'était vidé de sa colère nocturne. La fenêtre ouverte laissait entrer un parfum de terre, d'herbe mouillée, de jardin. Qu'était devenu celui auquel j'avais consacré tant d'attention et qui me manquait chaque jour davantage ? Je pouvais le traverser en fermant les yeux, en retrouver toutes les senteurs comme on se souvient d'un corps familier ; je pouvais énumérer toutes les fleurs, tous les arbustes, toutes les plantes grasses, réciter quelques noms savants de certaines d'entre elles, et dessiner de mémoire sans omettre le moindre détail. Je me suis penchée pour tenter d'apercevoir une présence dans celui d'en face, mais il était calme et désert. Un petit monde en paix.

J'ai rassemblé mes affaires à la hâte, sans y être obligée puisque mon train n'était qu'en fin de matinée. À la réflexion, ce qui m'agitait sans raison apparente n'était qu'une vague appréhension. Je n'avais plus de rendez-vous, plus de visite en perspective.

Je suis descendue au rez-de-chaussée. La mère et la fille dormaient encore. J'ai suivi l'exemple de Pasquier, j'ai préparé le café et suis allée m'asseoir à une table, dans la cour. J'étais un peu lasse après ma nuit blanche, mais c'était une fatigue douce, de celles qui donnent une acuité tout à fait particulière, une intuition aiguë des êtres et des choses. J'espérais que les deux femmes de la maison apparaîtraient avant mon départ, nos échanges de la veille avaient créé un lien, je voulais qu'il nous accompagne jusqu'au bout.

Le chat orange a surgi sur le mur du jardin mitoyen, il devait sans doute fuir le jet d'eau que j'entendais soudain siffler. Il a miaulé en m'apercevant et s'est précipité sur mes genoux. Se souvenait-il que nous avions passé la nuit ensemble ? Il s'est mis à ronronner, je sentais cette vibration dans tout le corps ; j'étais bien. Et puis le soleil a enjambé le toit et la cour s'est illuminée, d'un seul coup, comme si tout commençait.

Alors j'ai pensé à la plage, à la terrasse, à la maison silencieuse, aux pins, aux carrelets avec leurs filets relevés comme des voilettes de chapeaux, à la chambre d'Élise dans la pénombre. J'ai entendu le bruissement des vagues qui ressemble à celui des bâtons de pluie africains. J'ai vu l'homme au peignoir marcher sur le sable que la frêle gamine creusait pour atteindre son rêve. Tout commençait là-bas aussi.

J'ai entendu le rire de mon père dans la rue Saint-Luc, le ronflement de sa Terrot noire lorsqu'il s'arrêtait sous notre fenêtre. J'ai entendu les murmures amoureux dans le petit écrin de verdure en face de ma chambre ; j'ai vu ma mère, jeune et belle, partir en ville son renard sur les épaules, ses gants et sa pochette sous le bras. Je l'ai vue allongée sur le sable, si près, si loin de moi. Je l'ai vue dans sa maison triste, je la portais, elle était légère et ressemblait à une vieille petite fille qui a peur de la nuit. Elle me bouleversait.

J'ai vu mon père en larmes et en sang, je l'ai entendu répéter, Tous des youpins ! comme un adulte irresponsable qui ne savait pas qu'il mourrait trop tôt pour avoir le temps de s'en repentir, qu'il me laisserait seule avec ces mots assassins.

J'ai vu Izou. J'ai vu d'autres matins baignés dans la même lumière où tout commençait avec Jules, lorsque nous arpentions la campagne encore engourdie dans la brume que l'oncle André n'oubliait jamais de caresser du bout des doigts, sur ses pastels.

J'ai vu le théâtre de Pasquier qui ressemblait à une baleine échouée et je l'entendais me chuchoter, *Chaque individu est une énigme*...

Ce n'était qu'une seule et même histoire. J'avais tout de même le sentiment d'être au milieu d'une tempête, mais en paix. Une paix jusque-là impossible, une victoire sur le désespoir qu'entretenait en moi le monde qui ressemblait parfois à une immense ruine.

La fille est arrivée. Elle rentrait sans doute d'une nuit blanche, elle aussi. Boucles d'oreilles, robe à fines bretelles et mules à talons. Je lui ai souri. Ma mère va être jalouse, a-t-elle dit en voyant le chat sur mes genoux. Elle s'est étirée, s'est affalée sur une chaise. Voulez-vous du café ? lui ai-je demandé. Elle a seulement hoché la tête en bâillant. Je suis allée lui chercher une tasse de café dans la cuisine et je lui ai fait une tartine. Je la regardais par la fenêtre, comme je le faisais la veille lorsque Pasquier buvait et fumait en fermant les yeux. Comme lui, elle s'offrait au soleil. Elle avait quitté ses mules. Ses pieds nus et potelés étaient ceux d'une petite fille, qu'elle était sans doute encore. J'enviais la désinvolture avec laquelle elle vivait chaque jour, chaque minute, et le peu de crédit qu'elle semblait accorder aux préoccupations des adultes.

Elle a bu son café en me racontant qu'elle avait rompu avec le garçon que j'avais aperçu à sa fenêtre. Elle ne savait pas pourquoi, enfin si, elle ne voulait pas être prisonnière d'une aventure. Je l'écoutais avec ravissement, je m'entendais à son âge, féroce et déterminée.

La Loire m'attendait, tout alanguie dans son beau silence. Je suis restée allongée sur un banc de sable, pendant des heures, à suivre les allées et venues des oiseaux qui parfois me frôlaient en passant. J'avais repris la montre de mon père dans la chambre de Pasquier avant de quitter l'auberge et, dès mon arrivée, je l'ai mise à l'eau et regardée couler jusqu'à sa totale disparition. Elle brillait comme la daurade coryphène avant de mourir, c'était un beau naufrage, très lent, très doux.

J'ai longtemps contemplé le ballet des nuages dans un ciel de fin d'été, en pensant à l'auteur du *Seuil du jardin*. J'ai décidé d'écrire à Pasquier, de lui envoyer cette phrase qu'il aimerait, j'en étais sûre, et peut-être le réconforterait.

La vérité ne se tient pas ici ou là, mais dans une troisième position, inconcevable pour nos esprits. Il faut se contenter de ce doute, où tout paraît, comment dirais-je... suspendu devant nous.

DU MÊME AUTEUR

Chez Sabine Wespieser éditeur

BOLÉRO, 2003

UN CERTAIN FELLONI, 2004

LA PETITE TROTTEUSE, 2005 (Folio nº 4513)

Chez d'autres éditeurs

LA BELLE INUTILE, Le Rocher, 1991

UN HOMME ASSIS, Manya, 1993 ; Librio, 2000

UNE SIMPLE CHUTE, Actes Sud, Babel noir, 1997

QUE LA NUIT DEMEURE, Actes Sud, Babel noir, 1999

VICTOR DOJLIDA, UNE VIE DANS L'OMBRE, Noésis, 2001

NINA PAR HASARD, Le Seuil, 2001

Impression Maury
à Malesherbes, le 13 février 2007
Dépôt légal : février 2007
N° d'imprimeur : 127162

ISBN 978-2-07-033635-7 / Imprimé en France.

140759